秋光佗寂

吳鳴

〈推薦序〉

紀念：相與走過的青春

林文義

豪情印象，久遠的記憶，恆是曾經榮膺時報文學散文類首獎的作家：吳鳴。轉瞬就是半生，今時倦眼回眸，重逢時他以咖啡、唱盤迎我，直覺是政大歷史系資深教授：彭明輝……青春遙遠多久了？我想請問——依然文學嗎？

時間，歷經風霜雨露，彭教授、吳作家，何以浮影隨形的，依然是彼時《聯合文學》那微笑、凜冽的編輯人？彷彿很長的歲月，再也難見如同描寫：〈湖邊的沉思〉那位在金門服役的少尉心情，都是三十多年前未忘的美麗文筆，此後執教大學，青春之夢，他都忘

秋光侘寂

記了嗎？我這一生潛身文學、現實不合時宜之人，還是質問不信的直言——吳鳴，何以不寫了？

他一付淡然，仍是那我所熟悉的豪情印象，答以：有啊，一直在寫，只是不發表，未出書。是哦，距離前書：《浮生逆旅》二十年了，青春到晚秋，今時此刻，你我都逐老了。

欣慰得知，允晨文化廖志峰兄慧眼識英雄，彭明輝教授再回作家吳鳴，終於終於合集成書：《秋光侘寂》，卻後發先至了，很好！

生命的悲歡離合嗎？這新年代的台灣世情早不是昔時的美麗、純淨，作家吳鳴真切的現實觀察、體會，信不信，真或假，如臨反思，內心想是百般掙騰、糾葛、辯證……理想主義、美學意識，政治、人間紅塵，我們所眷愛的島鄉未來的沉鬱，難道還在天譴般的虛實交互折逆？豪情用筆，這本書足以呈示真情實意。

讀者之你，相信時間停歇的剎那，如果忽而靜止，夜夢乍醒，抽讀這本二十年後一位卓越的散文好手「再生」好書，相與行過青春到晚秋的生命旅次，請勇敢地流下淚來何不？我永遠惦念且欣慰回首，和吳鳴走過的青春；如此獨特，如此美麗的展翅高飛的祈望與記憶。

二〇二二年八月二日凌晨

桃園南崁

秋光侘寂

〈自序〉

秋光何以侘寂

收錄於本書中的篇章，大部分寫於四十歲到六十歲之間，以人生四季畫分，宜屬秋天，故取名曰《秋光侘寂》。

人的一生如四季迭替，從出生到二十歲，是生命的春天，青春斑斕；二十歲到四十歲是夏天，麗似夏花；四十歲到六十歲是秋天，秋山紅葉；六十歲以後是冬天，冬雪皚皚。生命有短長，有人青春早逝，有人冬雪緜長，歲月悠悠，人生難期。

二〇〇七年摯友尤克強學長在《未盡的春雨珠光．自序》回憶大學時代，康樂和四、五好友在大度山校園裡，月色的文理大道教室屋頂上，對吟唐詩宋詞的景象。克強學長寫道：「康樂兄未及六十算是在人生的秋末仙歸，雖然逃過了冷峻寒冬的考驗焉知非福，但是好人不能平安地渡完人生四季就匆匆離去，畢竟太令人扼腕與不捨。恰如英國詩人濟慈（John Keats, 1795-1821）所寫的一首〈人生的四季〉（The Human Season）——我就用這首譯詩來祝他一路好走，願來世再共飲一杯。」

人生的四季　　濟慈

年復一年四季更迭
心靈也有季節輪迴：
春光明媚時夢幻清麗
隨意攬盡萬物之美：

漫漫長夏依然縱情地
享受青春遐思的甜蜜
縈迴不去直到沉醉昇華
　飛上天際：港灣沉寂

靈魂進入秋天　羽翼已疲
密密闔起　平靜地凝視
　霧色深鎖——讓美好人世
如門前溪流悄悄流逝：
滿眼不堪是蒼涼的冬季
　除非他願意提前離去

康樂於二〇〇七年十月廿六日驟世，享年五十七歲；二〇一〇年三月十一日尤克強學長因肺腺癌大去，享年五十八歲，僅比康樂多一歲；用克強學長的話來說，亦是不能平安地渡完人生四季就匆匆離去，同樣令人扼腕與不捨。

尤克強學長有一本譯詩集《預約一季冬雪》，惟克強學長並未預約到這一季冬雪。在後來的歲月裡，我常常想起兩位兄長，鼓舞自己要預約一季冬雪。如今花甲老翁望著冬雪皚皚，撫今追昔，緩步以行，無須扼腕，沒有不捨，冬天有多長，生命就有多長。

距離上一本散文集《浮生逆旅》已逾二十載，在這漫長的歲月裡，不曾想過整理出版自己的創作，心裡的種種糾結很難說得清楚。容許是自己覺得這些文字不值得出版，或許是自己的價值信仰改變，故爾延宕至今。

二〇二〇年五月三日，林文義哥、曾郁雯嫂送雞蛋來家裡，郁雯令弟三峽山區森山野牧農作坊的雞蛋。文義哥是相識卅八載的老大哥，讓老哥哥晚上大老遠送雞蛋來，委實過意不去。但心裡想著老兄弟難得相聚，亦就老實不客氣等文義兄嫂送野放雞蛋來。

老兄弟重聚，其樂也泄泄。我手沖咖啡，用大碗泡高山茶。文義哥跟郁雯說：「吳鳴散文寫得那麼好，可惜很久不寫了。」類似的話，在某次到文藝營演講時，擔任班導師的劉克襄哥也說過。我跟文義哥說，我一直在寫，只是沒有在媒體發表，也沒有出版。我打開電腦，讓文義哥看我的作品，當時的編號是一〇三六，郁雯對文義哥說：「吳鳴寫了這麼多，居然沒有出版。」

從新世紀開始，我書寫的文字習慣編號，學術論著單獨編號，文學書寫另行編號，文學部分不知不覺寫了一千多篇。歷時二十年，約每周一篇。文章有長有短，有敘事，有抒情，有雜論；內容包括歷史、音樂、書法、煮食；原本計畫個別編輯出版，包括《學書筆記》、《曲盤會唱歌》、《歡喜來煮食》，其中《學書筆記》二〇一六年和出版社洽談，文稿編就，照片整理耗時費事，竟一拖六年；《歡喜來煮食》預計二〇二三年春天出版；而最後洽談的《秋光侘寂》卻後發先至。

二〇二一年八月讀卜大中《昨日報：我的孤狗人生》，發現書中有幾件記事可能有誤，傳訊給允晨出版公司發行人廖志峰，因爲是老朋友，直接用鋼筆注記有疑難處，拍照傳給志峰；約略與此同時，讀王汎森《天才爲何成群地來》，同樣將有疑問處拍照傳給志峰。志峰臨時起意向我邀書稿，「你讀史教史多年，不知有否想過寫歷史中的文學人生哲理隨筆？」我回曰：「這個不容易寫。過一陣子我看看是不是可以收集一些我寫學術界朋友的文字整理一下給你。」想了幾天，決定整理這些年書寫的文稿，交由允晨出版，但內容並非志峰所期待「歷史中的文學人生哲理隨筆」，蓋因我的文字不太涉及人生哲理，只是生活日常，故爾亦不限於寫學術界朋友的文字。

書稿整理費時月餘，計廿五萬字，分爲三卷：〈侘寂〉、〈拾得〉、〈喜捨〉。書名在《秋光侘寂》、《秋光拾得》和《秋光喜捨》中猶豫。志峰認爲一本書廿五萬字太厚了，不如分成三冊出版，書名也不用選，就用原本我擬的三卷爲書名，第一本即《秋光侘寂》。

日本人認爲秋日晴天最適合出遊，名曰「秋晴」，本書取名秋光，亦略具此意，蓋指秋日光影。「侘寂」來自日文（侘び寂び Wabi-sabi），是一種以接受短暫和不完美爲核心的傳統日本美學，侘寂之美有時被描述爲不完美、不恆常。原始概念源自佛教三法印，即無常、苦、空；一說侘寂起源於趙宋時期（960-1279）之道教，其後爲佛教禪宗所吸納。最初，「侘寂」被視爲一種簡樸、克制的欣賞方式。「侘」意爲簡陋樸素的優雅之美，「寂」指時間易逝和萬物無常，兩者結合形成了日本文化獨有的美學境界。本書題旨傾向生命的簡陋素樸，蘊涵韶光易逝，萬物無常，此即書名《秋光侘寂》之命意，一種不完美的生命，涵泳樸陋之美。

我的生命情調是一抹灰，嚮慕日本茶聖千利休的利休灰，由紅、藍、黃、白四種顏色混合，表現簡樸而清純的思想。日子是安靜的，連聽的音樂都是。安安靜靜的音樂，安安靜靜的角落。心心念念玄奘法師圓寂時的遺言：願以所修福慧，回施有情。

本書收錄廿四篇文字，內容為生命書寫，惟並不以啓發人生為要義，更非心靈雞湯，而止於生命歷程之記事。

前四篇瑣記四位與我生命至關密切的女性，母親、二姊、三姊和玉蟬姊，前三位與我臍帶相連，玉蟬姊涉及二二八事件，乃家族不幸之遭逢，或可視為台灣史之切片。

兩篇青春記事，一篇敘述邁向書寫之初始，一篇寫服役政戰特遣隊的經歷。五篇與音樂相關的文字，三篇關乎毛筆書寫，兩篇乞食於編的故事；與我本行歷史相關的文字兩篇，其中一篇討論台灣的歷史教科書與國族建構，一篇接近大眾史學的文化觀察；兩篇與語文相關的文章，一篇討論十二年國教課綱普通高中課綱選文的文言文比例問題，一篇論析大眾不經思考過度使用流行語的弱智化書寫；運動是我的生活日常，選一篇鐵人三項的練習歷程，我的成績極差，練得死去活來。三篇生活雜感之拼貼，寫茶，寫桐花，寫生活瑣事。

最後一篇〈蓼莪之思，寫給十三學繡女兒的信〉是五十八歲生日感懷，用這篇文字與父母親和解。生命之夏，父親大去，來不及告別；甫過而立，母親遠行，未能好好告別；心中牽掛，無以遣懷。父親過身時，年五十八歲，我在五十八歲生日這一天和父親告別，與母親和解，文字哀傷而沉重。翻過這一頁，我希望自己能放下所有的昨天，從此我的腳步就輕盈了。

收錄於本書中之篇章並非嚴格的散文，台灣長期以來，將散文定義爲以抒情爲主，間或加上記敘文字，涉及衡議論述則歸類於雜文。本書部分文字符合散文命義，部分宜歸屬雜文，蓋介乎散文與雜文之間。因本書部分文字涉入衡議，略不符抒情散文之命意，近乎史家之文與文人之史。就文體而言，約莫由周作人到魯迅之間，或云從張潮《幽夢影》靠向張岱《陶庵夢憶》。而邁入人生之秋以後，張岱是我的生命模版。

吳鳴　二〇二二年七月小暑　於乙丁堂

目錄

卷二——音樂與書寫

卷三——文化切片

卷四——生命的間隙

1

卻顧所來徑

煮食懷念姆媽進行式

夏天是竹筍的季節，在傳統市場買了大文山區產的綠竹筍，轉屋洗手做羹湯。

綠竹筍去殼，切片。從冰庫取出四分之一隻雞，剁小塊，薑切片，蔥打結，加兩塊豬腳添香，泡幾顆段木鈕釦香菇，鋪上大白菜，用砂鍋燉將起來。

煮食是懷念姆媽的一種方式，心裡想著佢做菜的味道，試著做將出來。餐館吃不到冬瓜封，自己動手做。高麗菜封，豇豆乾排骨湯，高麗菜乾雞湯，一一做將起來。

姆媽手腳麻利，是左手慣用者，卻可以左右開弓，除了食飯用右手拿筷子，大部分家事、農事均可左右手互換。譬如切菜頭曬菜脯，拿個小板凳坐在腳盆邊，砧板橫跨腳盆，左手握菜頭，右手刷刷刷切將起來；右手切累了換左手，變成右手握菜頭，左手揮刀如飛。有一回同學來家裡，姆媽到雞塒抓隻雞，去竹叢鏟麻竹筍，約不到一小時，筍子雞已經上桌。當然殺雞時我得幫忙抓著，以及負責拔毛。

老屋禾埕前有一個菜園子，入口處種了兩棵七櫞茶，煮客家茄子時，加大把的七櫞茶。芹菜、韭菜、湯匙白（青江菜）、高麗菜、明豆（四季豆）、長豆（豇豆）、菜瓜、瓠仔、刺瓜、黃瓠（南瓜）、冬瓜，四季迭替，菜蔬隨時鮮。小小的菜園子供應了一家蔬食，除了豬肉，鮮少買菜。

母親是煮食高手，動作快，火候準，常被辦桌師傅拉去當副手。每天早晨父親五點出門下田，母親四點半起床，起大灶燒飯、煮食。客家人早餐不吃稀飯，母親煮兩三道菜，半小時了事。我想母親可能遺傳了外婆的好手藝，外婆八十歲了還去粄店幫忙做粄，當然不是因爲缺錢，粄店老闆無非給外婆幾個小錢當零花。小舅當過潤泰紡織中壢廠廠長，大概不會養不活外婆，而且還有大舅，外婆祇是找個活兒做做，好度閒日。

客家吃食簡單不繁複，炒青菜就炒青菜，極少配東配西，偶爾加個五花肉片或肉絲炒，沒太多花頭。譬如煮黃瓠湯，切塊，連籽一起煮，加薑片和赤砂糖，簡單明快。後來我看城裡人做西式南瓜濃湯，將南瓜蒸熟，壓泥，炒馬鈴薯或洋蔥，加牛奶燉煮老半天，工序繁複得要命。我自己寧可做客家黃瓠湯，簡單又好食。印象裡姆媽做客家小炒似乎不加豆干，五花肉、魷魚加芹菜，就炒將起來，加豆干和蔥段的客家小炒，是後來在餐館吃的。

知天命之年，友人問我下一個興趣會是什麼？我開頑笑曰，搞不好是做菜，不意一語成讖。起心動念煮食，說起來有點兒竹篙兜菜刀。某年友人送了我一條臘肉，在冰箱裡放了幾天，想想不是辦法，總得煮來祭五臟廟，於是腦子裡浮現蒜苗臘肉。某日下課轉屋路上，買了幾顆蒜苗，一顆高麗菜，開啓我的煮食之旅。因著友人送我一條臘肉，從此我成爲自煮團成員，簡直是種瓠仔生菜瓜。

或許是遺傳了姆媽的煮食基因，洗手做羹湯對我不算太難。其間當然有許多幫忙指導的朋友，此處不一一縷述。其中乾妹陳淑蘭是煮食百科全書，本省菜，外省菜，中西餐，無一不會，無一不精。平日煮食我會做一道姆媽菜，練一道館子菜（俗稱功夫菜），兩路並進。姆媽的菜式比較簡單，館子菜須費工夫。如果是新菜，我一般會練三次，第一次照書做，第二次以己意稍加調整，第三次從心上化爲在手上。譬如做雞丁，我買五支雞腿，把辣子雞丁、蔥爆雞丁、宮保雞丁、左宗棠雞、麻油雞，依序做一遍。但總不能每天吃雞，所以我是每三天練一次。反覆三次，花了一個半月才練完。可能我比較笨，學啥都要比別人多費工夫，才能從心上化爲在手上。煮食如此，練字亦然，我一般臨帖差不多要到六、七十通方能背臨，做菜則要三、五次才得心手合一。

姆媽過身廿九年了，想起退伍後姆媽因退化性關節炎，無法剁雞，於是由我代勞，乃得近身觀察姆媽煮食。

姆媽過身那年我卅四歲，一九九三年六月取得博士學位，十二月三十日姆媽大去，佢的身影永遠住居在我心底。

姆媽高大，壯碩，漂亮，是我內心深處永遠的女神。如果我對壯碩的女生特別感到親切，我想，那一定是因爲姆媽的緣故。

一九八九年春天，陽光溫柔地灑在屋後的溪流上，我正忙著準備博士班入學考試，三姊從故鄉花蓮打電話來，告訴我姆媽病重的消息；我匆忙收拾簡單的衣物，到松山機場接姆媽與三姊，一路飛馳到林口長庚醫院。經過繁瑣的檢查手續，醫生通知我們唯一的辦法是動截肢手術。

手術在台北國泰醫院進行，一九八九年四月十五日，那一天也是我遞辭呈的日子；在病房我一邊忙著照顧姆媽，一邊倚著病人進食用的餐車寫研究計畫，晚上則藉醫院微弱的燈光看書，準備考試。我不知道那段日子是怎麼熬過來的？只記得姆媽的手術很成功，康復後回花蓮休養；我則通過考試，再度到指南山下做一名歷史學徒。我總是想起那些年的悲苦歲月，姆媽病歪歪地躺在床上，三姊辭掉工作全心照顧，還未完成學業的我一邊在報社打工，一邊研讀博士課程。

一千多個日子過去了，姆媽依舊祇能坐在籐椅上發獃，一切的生活瑣事都需要人照顧；我忙忙碌碌地上班，上學，修課，考試，寫報告，寫論文；一切的一切，彷彿還是昨天。然而，就在論文通過學位考試的那年冬天，姆媽撒手人寰，遠離伴隨佢十數年的病痛，留下未曾盡過孝道的我。

來不及告別，我內心深處有著無以撫平的傷痛。

如果親情是生命的倚靠，父母與我之間的情分竟薄如桑紙；一九八一年大學畢業那年秋天，賦別三月，父子已人天永隔；而獲得博士學位那年，姆媽又等不及我邁向新的生命旅程，即匆匆告別人世，爲人子的我亦唯把缺憾還諸天地。我想很少有人如我之遭逢，父子緣淺，母子相隔，縱是千萬呼喚亦尋不回家的溫暖。雖然父母遺傳給我樂天知命的性格，讓我在死命的樂觀主義支撐下走過人生種種苦難，並且學會用微笑面對一切的困難。而每當午夜夢迴想起這些，時覺人生多苦，憂患實多。而我仍昂首闊步，迎向生命的每一場遭逢，就像當年父親和姆媽，背著襁褓中的二姊，走過長長的臨海路到後山拓荒。

父親是臺灣東部拓荒的第三波移民，在戰後的艱困年代，湖口山上的茶樹因戰爭期的荒廢，已無法養家活口，父親在大伯的慫恿下到花蓮拓荒。在前兩波移民闢剩的僅存少許荒埔地，挖樹根，闢草萊，尋覓些許可耕之地，插幾畦番藷，養豬餵雞，以及耕種鯉魚尾的那片田。姆媽是窮苦人家出身，跟著父親除草挖地，默默吃苦。直到許多年後我隻身回到假婆（客家人稱外婆爲假婆）家，假婆猶自淚眼婆娑訴說當年阿桃妹到後山討生活的陳年舊事。假婆說阿桃妹到後山以後，佢整整哭了一個月，耽心掛意後山的生番不知還吃不吃人。尤其彼時大舅被拉去做軍伕，滯留南洋，生死未卜，大妹仔（大妹仔：客語稱女兒爲妹仔，大妹仔即大女兒之意）阿桃妹又到後山去，假婆日日心肝像針惢，刺著隱隱作痛。當我第一次隻身出現在假婆面前，假婆眞是高興極了，逢隔壁鄰舍就說我是阿桃妹的大賴仔（大賴仔：客語稱兒子為賴仔，大賴仔即大兒子之意），從花蓮來看佢。彼時猶未熟悉臺灣東部拓荒史的我，並不是很能體會假婆的心情，直到許多年後我為洄瀾文教基金會撰寫歷史通俗讀本《歷史花蓮》，始知當日到後山拓荒的艱苦。

一九四六年春天，父親帶著姆媽，背著襁褓中的二姊來到花蓮豐田。將賣掉湖口山上茶園所得，在鯉魚尾買了八分瀾仔地，從此定居豐田，一個地圖上不太找得到名字的小山村。十年後我和三姊方始先後出世，拓荒年代的艱苦歲月殆可想見。

姆媽天性開朗樂觀，我從不曾在佢臉上看過愁苦，縱使物質生活如此窮困，佢仍是每天開心地和父親一起下田耕種，屋前的菜畦永遠有採摘不完的各式蔬果。春秋二季蒔田時節，姆媽會參加父親和村人合組的蒔田班，負責鐐秧仔，挑秧苗，像蒔田班的大阿姊。父親木訥少言，姆媽則風趣幽默，永遠帶著燦燦然的笑容。我一直喜歡看姆媽戴著斗笠，斗笠上包一條彩色大頭帕的模樣，甚至有很長一段時間，我以為天下的姆媽都應該是那個樣子。姆媽因為手腳俐落，在蒔田班博得班友的好評，每次組蒔田班時，第一個想到的挑秧娘就是佢。尤其因為姆媽不僅是左撇子，而且工作時可以左右開弓，右手鐐秧仔鐐酸了換左手，右肩膀挑累了換左肩；舉凡一切使刀挑擔之類的工作，姆媽都可以一人當兩人用。

我第一次發現姆媽有這個本事是在曬菜脯時，姆媽在大腳盆上置一塊砧板，右手握菜頭，左手拿菜刀，悉悉刷刷地切將起來；過了一段時間，換成左手握菜頭，右手拿菜刀，繼續切將下去；坐在門前墀階上的我，簡直看得目瞪口呆。後來我才發現砍蔗尾，剁蔗栽，撒肥，鐐秧苗，姆媽都有本事左右開弓，難怪可以一人當兩人用。

身爲客家餔娘人（客語稱婦人爲餔娘人），姆媽是標準典型，家事一手包，還要跟上跟下隨父親耕種，我很少看到像姆媽身手這麼俐落的婦人，農事做得幾乎比男人還好，家事更是一把好手。做飯燒菜當然是基本功夫，難得的是姆媽做粄深得假婆眞傳，菜包、紅粄、蟻粄（蟻粄：客語稱艾草糕爲蟻粄，蓋艾草揉碎後的斑點像螞蟻故名）、粄粽，無一不佳；尤其姆媽做的菜包，用柚葉襯底，那種獨特的香味，令我數十年後猶自口頰留香。姆媽包粄粽用月桃葉，葉香襯得粄粽色香味俱全。許多年以後，我在外地只能買到麻竹葉包的粄粽，雖然那已是難得的客家吃食。

我想如果不是鄉下人家的醫學常識不足，姆媽亦不會因退化性關節炎而不良於行二十年，對現代醫學而言，這並不是太嚴重的病，甚至換個墊片或人工關節亦不是什麼不得了的大事；但姆媽初病之時，三姊和我識世未深，二十歲的年紀，什麼事都懵懂，姆媽就此一路耽誤，等我略識人世，姆媽兩腳已糾屈難行，各種慢性病纏身，從糖尿病到高血壓，無一倖免；從退化性關節炎到心肺衰竭，舉凡老人家身上可能出現的所有慢性病齊集，三姊與我亦惟徒喚奈何。雖然不曾費心統計，但我想姆媽進出醫院總不下兩百次，如此漫長的歲月，我和三姊不曾向任何人訴苦，因為訴苦也沒有什麼用，要面對的仍須面對，我尤不願露出悲苦的容顏，因為姆媽生病以前從不曾對命運遭逢有何怨言，我知道佢老人家一定不願意看到我為此愁苦。

許多年又許多年過去了，母親截肢後的日子只能坐在輪椅上發呆，我每次返家亦唯暫時做做三姊的替手，為姆媽洗身換尿布；研究所課業和晚上的打工耗費太多精神，使我連抱怨的力氣都沒有，尤不想向命運低頭。我總是用父親和姆媽到花蓮拓荒的精神鼓舞自己，如果那樣艱困的歲月都可以度過，眼前的遭逢又有什麼度不過的呢？我一次又一次地努力為自己打氣，相信長夜漫漫終將黎明。

然而，當黎明來臨的時候，姆媽已經看不到了。在我完成學位返回母校任教那年冬天，姆媽撒手人寰，連差一天的新年都沒能趕得及。我常常想，如果不是父親意外過身，如果不是我執意要走學術之路，一切的一切是不是會有所改變？在生命轉彎的地方，我並沒有太多選擇，姆媽也是。如果那一年佢不隨父親到後山拓荒，如果那一年退伍後我沒有離鄉負笈異地，如果那一年佢沒有不良於行，是不是生命可以有另一種選擇？而生命的程途繼續往前，我並沒有太多停佇思考的機會，只是一路行去，直到姆媽離開這世界，離開佢那未曾盡過孝道的兒子。

於是我用煮食和姆媽和解，彌補來不及告別的遺憾。每當我拿起菜刀的時候，姆媽高大壯碩，臉如滿月，臉上永遠帶著笑容的身影，彷彿就在身邊陪伴著我。

二姊和童年的紅蜻蜓

秋涼，有雨，忽然想起阿姊。

音響傳來納瓦納（Andre Navarra）演奏的《日本抒情歌集》（*Les Melodies Du Japon*），安妮．達可（Annie d'Arco）鋼琴伴奏，一九七九年十一月的錄音，唱片編號Calliope VIC-2264。

這張唱片的曲目皆爲日本抒情名曲：

一、宵待草

二、濱邊之歌

三、出船

四、赤蜻蛉（註：即文下提到的〈紅蜻蜓〉）

五、荒山之夜

六、故鄉

悠然的曲調，緩緩自納瓦納的琴絃唱出。傳統日本歌曲有一種低吟的調子，多用五聲音階，以大提琴演奏，別有一種悽然。

納瓦納的錄音無多，一九九〇年代前後曾購得他演奏的巴哈（Johann Sebastian Bach）《無伴奏大提琴》（*Cello Suites Nos. 1-6, BWV1007-1012*），與聖桑（Charles Camille Saint-Saëns）、德弗札克（Antonin Dvorak）大提琴協奏曲，均爲 Calliope 法國廠所出。這張《日本抒情歌集》倒是 Calliope 日本版，不知是否有法國版發行。

入秋以後，腦子裡不斷浮現〈紅蜻蜓〉的旋律。

赤とんぼ（紅蜻蜓）　作詞：三木露風　作曲：山田耕筰

夕焼け小焼けの　赤とんぼ
負われて見たのは　いつの日か

山の畑の　桑の実を
小籠に摘んだは　まぼろしか

十五で姐やは　嫁に行き
お里のたよりも　絶えはてた

夕焼け小焼けの　赤とんぼ
とまっているよ　さおの先

日暮火燒晚霞下的紅蜻蜓
童幼時在阿姊背上看見牠恍然若夢

採擷山林裡的桑果，放進小籃裡的情景
莫非已如幻似影

阿姊十五歲那年遠嫁
故鄉從此斷絕了伊的音信

日暮火燒晚霞下的紅蜻蜓
靜靜停歇在竹竿頂

〈紅蜻蜓〉是三木露風（一八八九—一九六四）一九二一年卅二歲時，在北海道一家修道院完成的作品。歌詞中的阿姊，是日本富家（地主）雇用的窮人少女，背負主人家的小孩照顧其長大，小孩對其感情極深，長大後常會想起。日語尊重其人，故稱曰「阿姊」，其意略與漢語之娘姨接近。作曲者山田耕筰（一八八六—一九六五）是日本西方音樂黎明期的作曲家，傳世作品有藝術歌曲、童謠多首，其作曲法謹守日語之音韻頓挫，具傳統風，這首〈紅蜻蜓〉是日本最受歡迎的童謠。

二〇一八年仲秋試聽朱師父新版唱頭放大器時，義大利小提琴家坎波里（Alfredo Campoli）演奏的小提琴安可曲專輯（*Campoli Enocres,* Music By Brahms-Bach-Schubert And Others），瓦達（Novihiko Wada）鋼琴伴奏，也選錄了〈紅蜻蜓〉，小提琴曲改編者爲坎波里本人，一九七二年錄音，唱片編號 New York: London Record Co Ltd: STS 16239, 1976。

相較而言，坎波里演奏的〈紅蜻蜓〉稍輕快，納瓦納的大提琴版略感傷。或許是樂器音色的緣故，亦可能是演奏者的不同詮釋。

每次聽到〈紅蜻蜓〉，總情不自禁想起十七歲出嫁的阿姊，彼時我五歲，還沒上小學。四十幾年後，阿姊的樣貌變得跟姆媽愈來愈像。

其實阿姊並不是我的大姊，以家裡的排行而言，我另有一位大姊。蓋因姆媽是外公長女，台灣民間有「抽豬母稅」習俗，大姊從母姓，養在大舅家，算是大舅的女兒。

一九四六年父母親到花蓮拓荒，因大姊留在大舅家未同行，襁褓中的二姊跟著父母到後山，弟妹們都喊佢阿姊。我與阿姊差一齒年，長姊若母，故爾我其實是阿姊一手帶大的。

阿姊最愛講的故事是：小我兩歲的妹妹出生以後，佢背著妹妹，牽著我從田裡轉屋。妹妹痾痢肚，順著背帶流下來，我伸出舌頭，咋咋嘴，把妹妹的拉稀當食物吞落肚。大概我小時候是很懵懂的，既傻且笨。

五歲時阿姊出嫁了，姊丈在轎車裡遞給我一把扇子，塞一個紅包給我，就把阿姊載走了。

一九六四年冬天，阿姊騎腳踏車載我到水頭大伯家的柑仔園採柑仔，我坐在武型腳踏車後座，抱著阿姊的腰，風冷冷地吹著。本來這部腳踏車是要給阿姊做嫁妝的，後來不知怎麼先騎了，於是另買一部淑女腳踏車陪嫁，這部人馬牌武型腳踏車成爲姆媽所有，一直騎到佢不良於行，那已是一九七八年的事。

阿姊五十幾歲時罹退化性關節炎，不良於行，過年時白髮姊弟執手相問，我說阿姊愈來愈像姆媽。阿姊說，係咩！連腳膝頭嘛共樣。姆媽亦是在這歲數患退化性關節炎。後來阿姊換了人工關節，又走了十幾年，猶尚勇健。

聽著〈紅蜻蜓〉，不經心裡想起了阿姊，想起歲月裡的故事。秋涼了，〈紅蜻蜓〉的旋律自黑膠唱片溝紋汩汩流出。

三姊的青春歲月

三姊說要搬回豐田老家，那是父親移民花蓮最初落腳的地方，也是最後的歸宿。海岸山脈迤邐在東，石綿山矗立於西，竹林環繞的小屋已有多年無人居住，三姊找來怪手清理榛莽草萊，屋後不時傳來火車經過的隆隆聲，那曾經是伴隨我成長的熟悉聲音。

三姊長我兩歲，緣於父親和姆媽戰後到東部拓荒的緣故，大姊、二姊出生於竹北豆仔埔，三姊在父親和姆媽拓荒東部十年後方始出生，接下來是我和妹妹，所以家裡五個小孩在年齡上分成兩截，大姊、二姊算同一國，三姊、我和妹妹是另一國，成長過程中對大

秋光侘寂

姊的印象極爲模糊，二姊則在我童騃時即已出嫁，只有三姊和妹妹是成長過程中的玩伴，尤其三姊與我最親，幾乎所有的事都尾隨其腳步，直到高中才選擇不同的升學管道，三姊念商職，我上普通中學，從此分道揚鑣。三姊在學校的功課極好，從小學到國中畢業都是班上前三名，如果念普通中學，考上大學應該不成問題，但伊卻選擇了商職，主要的原因是爲了我。鄉下窮苦種田人家委實無法供得起兩個孩子上大學，三姊起始就決定放棄這條路，而把機會讓給我。許多人也許無法想像，一九七〇年代的花蓮鄉下，耕種人家在決定孩子未來時，內心的糾結和掙扎，我不得不承認當時三姊自願念職業學校，確實受到傳統重男輕女觀念的影響，這也是許多年後我一直對三姊深懷感激之情的原因。

以家裡三個孩子而言，三姊最聰明而且能幹，從小功課好，尤其數學更是一級棒，每年春秋二季稻子收成時，都是伊和姆媽處理糶穀事宜，我壓根兒插不上手。縱使後來我出社會工作，有很長一段時間報稅方面的事也一直由三姊幫我處理，我對數字、金錢基本上殊無概念，兩肩擔一口，肚子餓了填飽就算數，家庭經濟方面的處理簡直一蹋糊塗，反正餓不死就不必爲這些事煩心，人生快樂是一天，不快樂也是一天，何不讓自己過得開心些，這或許也是我之所以心寬體胖的由來。

縱使在物質貧困的年代我亦是妄妄不識頭天，姆媽生前常說我是妄仙仔，我皮懶地直承不諱，三姊則是能幹、體貼而細心。商職畢業後爲了幫助家計，伊遠赴桃園工作，在一家小紡織廠做會計，說是這樣說，但我懷疑伊很可能也做些女工的工作，只是姊弟間亦不便細問這類的事。後來有很長一段時間每次聽到〈孤女的願望〉就不禁淚溼衣襟，只因我有一個三姊曾在紡織廠工作。我無法用文字貼切形容成長年代的種種感覺，父母的春耕秋種，三姊的工作他鄉，只有我糊裡糊塗地念書，而且選擇沒有前途的人文學科爲終身職志。所幸在我讀高二時，三姊在一家企業型的家電公司找到事，返回花蓮工作，心理上覺得好過一些，至少毋須再羈旅異鄉。

成長歲月的點點滴滴如流影掠過，在三姊返鄉工作的兩年後我負笈異地，從此成爲他鄉遊子，直到如今。念大學那幾年因爲家境不好，繳完學費後家裡已無力負擔我的生活費，初履異地亦難有打工機會，生活費都是三姊從微薄的薪資中匯寄，而今想來，四年大學就靠著三姊省吃儉用提供生活費度過，雖然後來我也打點零工或寫些稿子，但大部分仍是三姊供應。一個商職畢業的女生，照顧著伊念大學的弟弟，使我勉力完成學業，四年的雨露風霜，是一生的恩情。我常常想，如果不是三姊的犧牲，現在的我究竟是什麼模樣？

一個鄉下長大的小女生，怎麼會想到為伊的家庭如此奉獻犧牲？青春年歲的伊腦子裡想著些什麼？是否伊也曾有過少女的綺麗夢幻？在長年與三姊相隔兩地的情形下，我委實不是很瞭解伊的思想和感情，雖然在四個姊妹中我和三姊是最親的。

三姊有許多朋友，主要是生命線義工和飛行傘協會的同好們，他們活力十足，熱心公益，在待人處事上和三姊幾乎是同一個模子印出來的，尤其因為我長年羈旅異地，日久他鄉是故鄉，家裡許多大小雜瑣之事都是他們幫忙，包括父親的葬禮，姆媽長年生病的看護照顧，都是三姊和伊的朋友們幫忙。尤其姆媽臥病多年，進出醫院數百次，有時我南北奔波，大部分時候是三姊一肩挑，我則在姆媽臥病的十年中完成碩士和博士學位，並且乞食講堂。我不知道如果沒有三姊照顧姆媽，我是否可能繼續進修，生命程途上的點點滴滴，使我對三姊抱著深深的愧歉，二十年歲月為家庭犧牲奉獻。從少女時代到年逾不惑，三姊的半生歲月就這樣度過，回首前塵往事，我的心中不禁糾結千萬。本以為姆媽過身後三姊將展翅高飛，不意伊卻選擇了倦鳥歸巢，回到伊成長的豐田老家，守著父親最初移民拓荒的落腳處，看著日升月落，以及環屋而植的檳榔樹，偶爾飄來動人沁香。

可能緣於商職畢業的知識不足，這些年來三姊一直努力進修，從空中商專到空中大學，姆媽過身後伊猶到老家附近的東華大學修習商業電腦方面的課程，眞正身體力行終身學習，活到老，學到老。雖然我並不瞭解這些課程對三姊的工作是否有幫助，但我相信伊的精神世界一定更爲寬廣而豐富。而我每次返鄉見到三姊時，常驚覺伊的知識世界遠超過其學校所學，或即自我學習所得。以三姊的個性和能力，如果受更多的正規教育，不知道是否將對社會做出更大的貢獻？但這些假設性的問題實難求證，二十載歲月倏忽即逝，三姊的青春歲月已奉獻給伊的原生家庭，那個生伊、養伊的貧苦農家。如今歲逾不惑，家庭成員四散飄零，只有三姊守著父親拓荒最初的落腳處，屋後不時傳來火車經過的隆隆聲，禾埕邊的老榕樹幾十年來繼續守護著老家。四時迭替，老屋四周的田園景色依舊，檳榔樹、竹林和一脈悠然的海岸山脈，這裡是花東縱谷北端一個寂寂無名的小山村，拓荒者第二代繼續廝守著最初的家園。每次我回到生長的故鄉，常情不自禁地爲這數十年不變的風景深深感動，父親和姆媽胼手胝足開創的家園，永遠包著我的夢。三姊搬回豐田老家，使我返鄉時可以回到育我、養我的土地，看看昔日與三姊共歡相坐的庭院，彷彿在外流浪多年的孩子，終於又回到母親的懷抱。

許是姆媽多病的晚年，許是爲了我這個不成材弟弟的學業，埋葬了三姊的青春歲月，對於三姊迄今未婚我一直懷著深深的愧欠。雖然選擇不婚在現代人看來亦屬尋常，但三姊的不婚究屬自願或被動，我不曾費心理解，姊弟間亦鮮少觸及此類話題，私領域的事縱是家人亦難置喙，但私心總不免有著深深的歉疚。如果不是伊這個不成器的弟弟，如果不是姆媽臥病十年，三姊的青春該更飛揚吧！就像伊背著飛行傘自山頂俯衝而下，看到的壯麗山水和花草林樹，在三姊內心深處，是否也曾描繪過這樣一幅美麗的人生風景？伊是否想過自己的未來？是否一如所有少女般有過綺麗的夢，幻想著天邊的彩虹？當天邊彩虹消逝的時候，伊回到童年時的家園，家園有沒有伊夢中的玫瑰？許多年又許多年過去了，我無法深入三姊的內心，從如詩如夢的少女到能幹的中歲女人，伊的情懷究竟曾幾經轉折？這些恐怕只有伊自己知道。春華秋實，老翅幾回寒暑，石綿山下的老家依舊，三姊是否已找到伊童年的夢？

歲月繼續流轉，屋後不時傳來火車經過的隆隆聲，我坐在三姊客廳追憶著逝去歲月的點點滴滴。中秋甫過，幾許涼意襲來，姊弟共歡相坐，猶似童年歲月，卻已是天涼好個秋。

玉蟬姊的身影

我永遠記得童年時，玉蟬姊帶著他的兒子，在豐田火車站下車，順著鐵支路往南走，穿過屋後的合歡林，來到竹叢圍繞的茅草屋。

這是大年初二，女兒回娘家的日子，玉蟬姊帶著他的兒子回娘家。但這裡並不是玉蟬姊娘家，而是佢三叔家，佢三叔就是我的父親。我一直不知道玉蟬姊的兒子叫什麼名字，直到一九七九年春節。

一九七九年大年初一，我到樹湖村四叔家拜年，大伯家的三堂哥玉麟哥也來了，四叔家大堂哥彭榮華拿酒出來，幾位堂兄弟就著年菜喝將起來。喝著喝著，玉麟哥有了幾分酒意，講起玉蟬姊的事，這是我第一次聽到二二八事件，那年我大二，就讀東海歷史系二年級。

玉蟬姊是大伯的大女兒，分給張七郎醫師當養女。從小住在張七郎醫師家，是張家童養媳，但家官視佢如女，送佢就讀臺東女中。一九四六年底，玉蟬姊和張七郎三子果仁成婚，年後公公張七郎、夫君張果仁遭銃殺，民間習俗多有忌諱，印象裡小時候不懂，很後來才聽長輩談起。因家族對二二八事件、張七郎醫師事件，完全絕口不提，直到一九七九年過年聽大伯家的三堂哥談起，始知其事。同年十二月發生美麗島事件，才開啓我的台灣意識。我父親是玉蟬姊的三叔，因爲二伯在西部，大伯之外，我父親是兄弟中最年長的。

張至滿其後赴美求學，獲體育博士，曾任教育部體育司長，中華台北奧會秘書長。玉蟬姊在果仁姊夫被難後，家娘詹金枝作主，將玉蟬姊當女兒另嫁陳牧師，生一女名陳惠操。於花蓮女中念書時，遇台灣師範大學畢業到花蓮女中實習的顏崑陽老師。其後顏崑陽任教淡江文理學院中文系，陳惠操負笈淡江中文系就讀，大學畢業後與顏崑陽結婚，育有一女顏訥，一子顏樞。

二二八事件遍及台島，花蓮地區自不能倖免，比較重大的案件有三：鳳林張七郎醫師事件、三民主義青年團許錫謙事件、花蓮商業學校校長梁阿標事件。

二二八事件後，陳儀向省民表示，如果大家認爲治安不好，可以自行出來組織處理委員會，花蓮二二八處理委員會在省參議員馬有岳號召下組成。

與台灣其他地區比較起來，花蓮在二二八事件中堪稱平靜；但青年學生對政治改革的要求，並不亞於其他地區。一九四七年三月五日，花蓮各界代表在馬有岳召集下齊集中山堂，成立二二八事件處理委員會花蓮分會，主旨爲維持治安，防止傷亡，因而派人前往營區要求沒收憲警武器，但遭拒絕；部分青年擬轉往鳳林、玉里調借武器，遭處委會阻止。花蓮處委會提出「以不流血解決政治問題」，「不獨立，不共產」等主張；這些內容可謂相當溫和。三月九日國軍抵達台灣，全省處委會同時撤銷後，各地處委會的重要核心分子紛紛遭到迫害。

花蓮地區二二八事件中，最慘絕人寰的是鳳林張七郎一門三父子血案。

張七郎是花蓮地區富有名望的醫師，新竹楊梅人，生於一八八八年，日治時代畢業於總督府醫學校，行醫花蓮鳳林，戰後曾任國大代表、花蓮縣議會議長。張七郎戰前曾數度遠赴中國，遊歷滿洲、上海，所到之處多屬日本勢力範圍，但在幾次赴中國大陸返台後，日警以間諜懷疑他。

大戰結束後，張七郎對新來的祖國極表歡迎，在花蓮籌建一個高大的牌樓，兩邊對聯為「萬衆回春事事須把握現在，一元復始處處要策勵將來」，上款「天下為公」、「國為民有」。

一九四六年三月廿四日，花蓮縣參議員選舉，選出十名參議員，張七郎亦在其中。張七郎在廿二名選舉人（鄉民代表）中獲十七票，開議當天受推為議長。同年十月底，台灣省辦制憲國大代表選舉，由三十名省參議員投票，選出十七名台灣省制憲國大代表，張七郎獲廿一票當選，名列第八名，較李萬居（十五票）高，可見當時他的全島性聲望。

當選制憲國大代表後，張七郎於是年底赴南京參加制憲國民代表大會，一九四七年初返台，一個多月後連同兩個兒子一起命喪二二八事件。

二二八事件爆發後，花蓮地區以「三民主義青年團花蓮分團」為中心，召開市民大會，成立「二二八事件處理委員會」，由省參議會馬有岳任主任。身為制憲國代、花蓮縣參議會議長的張七郎，並未任委員會要角。根據張妻詹金枝在〈訴冤狀〉中的敘述，事件發生時，張七郎正臥病在家。

二二八事件中，行政長官陳儀應全島各地縣市長民選的要求，准許各縣市推選縣市長候選人三名，呈報陳儀圈定，張七郎以最高票被推選爲花蓮縣長候選人。未料這分民衆的愛戴，卻成爲張七郎遭逢不幸之肇端。

四月一日，國府整編第廿一師獨立團開抵花蓮，成立台灣東部綏靖司令部。當天該獨立團第二營第五連連長董志成、指導員盧先林所率領的國軍，開駐鳳林鎮，隨即築造陣地，有類交鋒對壘。在鳳林鎮各通衢十字路旁，連築十餘軍壘，民心爲之惶惶。鎮民力作鎮靜，並向軍隊表示歡迎，於四月四日下午設宴招待駐軍，以示誠意。當天張七郎因病軀未癒，囑長男張宗仁醫師代理參加晚宴（時甫繼其父擔任鳳林初中校長，鳳林初中爲張七郎籌資創辦，並任第一任校長）。張宗仁參加歡迎國軍的晚宴，下午六時許宴畢散席，回到仁壽醫院住處（張宗仁與三弟張果仁住於仁壽醫院，父親張七郎則另居郊區山腳下）。張宗仁回醫院不久，即有該連士兵前來仁壽醫院，謊稱連部有兵士多人患病，特請張醫師（宗仁）多帶藥品及注射藥類前往連部診治。張宗仁立刻前往，卻遭拘押。約八點多，三男張果仁（醫師）從外購物回院，連部士兵又將果仁押解綁赴連部。約在同一時間，另一批士兵約十餘人荷槍實彈到山腳下的張七郎住處，準備捉拿張七郎。當時張七郎甫浴後換上睡衣，聞緊急叩門聲，打開門一看，見十幾名士兵，張七郎正欲向他們握手寒喧，卻立刻遭綁押，二男張依仁醫師亦在家同遭押解，送往連部。

當天夜晚十一時許，張七郎、張宗仁、張果仁父子三人，被押解到鳳林郊外約二台里的公墓東側槍斃，士兵在他們身上各開兩槍。

翌日，張妻詹金枝攜帶四分早餐赴連部探望夫婿及三名愛子，軍方僅收下一分早餐，其餘三分退回，張妻始知噩耗。

經過一天的探尋，張妻終於在四月五日下午五時許，在郊外公墓尋得張七郎父子三人遺體。所穿著衣物遭剝洗一空，僅剩內衣褲護體，遺體狀極淒慘：張七郎受兩槍背貫前胸；張宗仁眼眶有層層密密劍刺傷痕，右手腕骨折，亦受兩槍背貫前胸；張果仁，同樣是背貫前胸，受兩槍創，腹部更受劍刺，以致大腸外露。

張妻詹金枝僱用牛車運屍，一部牛車載運著三具沾滿血跡與泥土的冰冷屍體，回到山腳下家宅，詹金枝爲他們清洗，父子三人合葬於家宅後院。

據張妻詹金枝其後在〈訴冤狀〉中，分析張七郎冤死的因素有三：一、在花蓮縣參議會議長任內，張七郎對縣預算數字不符，曾力加斥責；二、張七郎常因縣政與鳳林初中校務，以直言諫阻；三、於二二八事件中，被選爲縣長候選人，因而遭嫉。「有此三大原因，故縣長目爲眼中釘，遂捏造事實，假手國軍」。

詹金枝在〈訴冤狀〉中，嚴責當時暴政：

日政雖曰專政，尚可吳越同舟，循循就範，不敢肆意捕殺；而美其名民主，竟無生命保障，爲所欲爲！官既不循法律綱紀，民將從何說起守法？哀哉！民夫父子何不死之光復以前？不致污辱一生潔白清廉，今死於光復以後，被誣臭名難堪，惟聞有人嘆曰：「父子忠國死銜冤，天道昭昭自可憐，留得青青公道史，是非千歲在人間。」然此三人到底是故殺，還是誤殺？由普通常識就可以明白矣。久聞此等人常用先殺手段，殺了以後始研究搜尋罪名，可憐此三名，竟遭一貫作風之莫須有三字捐軀。

據玉蟬姊口述，張七郎醫師次男依仁之所以倖免於難，蓋因其妻事前感到凶兆，將軍醫證明文件放進丈夫口袋。軍方可能因看到這分軍醫證明而放回張依仁醫師，乃逃過一劫，其後張依仁醫師移民巴西。玉蟬姊爲張七郎醫師養女，一九四六年與張七郎醫師三男果仁結婚，次年發生二二八事件，一門三父子同日遇難，留下一遺腹子張至滿。張至滿其後於體育界服務，曾任教育部體育司長，中華奧會秘書長。

張七郎一門三父子慘案，直到一九九〇年代二二八和平紀念日的平反運動中，猶自在人們的記憶深處升起。一九九四年我應迴瀾文化基金會之請撰寫《歷史花蓮》，爲玉蟬姊做口述訪談，見到睽隔多年的玉蟬姊，精神猶尚健旺。

晚年玉蟬姊搬回鳳林老家，九十歲猶能自炊自食，身體安泰，願祈平安喜樂。

許多年以後想起這些，玉蟬姊的身影猶自歷歷如在眼前。

後記

有關張七郎事件內容，部分來自我所做張玉蟬口述訪談，部分參考：李筱峰、陳孟絹，《二二八消失的台灣菁英》（台北：玉山社，二〇一五）。

回首來時路，人生如初見

我常常在想，到底是什麼原因，使我走上文字工作這條路？在我年輕的歲月，我可以有許多選擇，這些選擇包括讀數學系、心理系、政治系和法律系，特別我中學時代很喜歡數學，許多老師和同學都以爲我可能會選擇理工之路，甚至我自己也這樣以爲。但因爲無法割捨對文學的愛，我終於做了令大部分同學和老師訝異的事，在高二時選讀文組，並且以歷史系爲我的第一志願。

許多人可能會覺得奇怪，爲什麼一個喜愛文學的人會選擇歷史系做爲第一志願？當時

秋光侘寂

是這樣想的，因爲我個人認爲：文學是屬於創作的，而創作沒有辦法從學校獲得，所以我的志願卡上沒有中文系、外文系，只塡了一般人認爲最不熱門的歷史系和哲學系。十八歲的我，確實沒有想到吃飯的問題，我總覺得，天地之大，何處不能容身？

我想，在成長的過程中，每個人都曾思考過一些問題，就像父母總在爲我們的前途打算。一些喜愛文學的朋友常常在各種文藝營或演講場合問我，怎麼走上寫作這條路？對我而言，我一直認爲自己是文字工作者，而不是什麼作家。與那些文學史上的偉大作家相比，我覺得自己實在是沒有把寫作當成太重要的事，所以常常覺得慚愧；這些年來，我寧可說自己是一個文字工作者，而不敢僭稱作家。

生命可以有很多種選擇，有人以職業爲志業，有人把興趣和工作分開，就我個人而言，我的工作就是我的志業，雖然這其中也曾經有過幾次的轉折。

我想每個人都有他的文學少年時代，在少年十五二十時的年歲，每個人都曾經有過文學之夢。在慕少艾的年歲，總也有過許多美麗的幻想，想著那天在火車上遇到的男生愛不愛我？想著那位有著兩排齊垛垛白牙齒的女生，到底愛不愛我？像這樣的文學想像，每個人都有類似的經驗。有些人把這些感覺記錄下來，於是成爲文學家；有些人一路懵懂，反正人生就是這麼回事，並不經心在意，久而久之，文學的感覺慢慢消逝。

一九七五年，當我還是一個高二學生的時候，在濱海的花蓮中學，學校外面是一望無垠的太平洋，不想聽課的時候，一轉頭，碧海波濤向天涯流去。那時，我常常夢想著有一天要成爲一個水手，漂洋過海到遠方去，船定堡的時候，走在異國的街道上，有一點落寞，在歷經海雨天風的洗禮之後，坐在港口的小酒吧，喝一杯濃烈的伏特加酒，這就是我年少時的水手夢了。

有一天，微風的午後，我坐在鳥踏石丁字堤的頂端，望著白燈塔痴痴發愣。好像每一個在花蓮長大的孩子都曾有過這樣的經驗吧！我們常常到海邊去，坐在那裡做著一些永遠也不能企及的夢。或許也因爲這樣，花蓮似乎出了不少寫詩的朋友，我們都曾在花蓮海邊做過夢，寫過詩，談過一些沒有結果、淒美而青澀的愛情故事，而白燈塔就是我們最初的愛了。順著白燈塔望去，海天交接的地方，有一條似有若無的線，那就是海平線的彼端了。我靜靜地坐在那裡，忽然，一個念頭跑進我的腦海，當那些在海上航行的水手，看到指引方向的燈塔時，該是怎樣的心情？想家？還是岸上的伏特加？或者那些在港口討生活的廉價女人？浪濤拍擊岩岸，一波波飛濺出雪白，我想著：燈塔是水手航行的指標，那麼，人生又有什麼可以當作指標的燈塔呢？十七歲的我，有著綺麗的夢幻，以及美麗的憧憬。第一次，我認眞地思考關於生命種種。包括我的未來，我的夢，我的人生。

我想著：有什麼可以做爲我人生的指引呢？人從那裡來，又往那裡去？

於是，我決定以歷史爲我一生的愛，人類的記憶，人類的未來，都在浩瀚的歷史之海中，我要像水手般航向歷史的海洋。

一九八一年春末夏初，大度山的約農路上，一路火紅的鳳凰樹，彷彿寫滿了離情依依，微雨的天色，我的心情猶似弘一法師圓寂前寫的四個字「悲欣交集」。我想到當時抱著遠天的理想上山，而今，受了四年的歷史系訓練，我的內心感到有點茫然，我們常說歷史的教訓，可是，歷史的教訓在那裡呢？每當我想到這個問題的時候，胸口就隱隱作痛，因爲歷史唯一不變的眞理就是變，而面對永遠不會重演的歷史，我們又如何從其中找到所謂歷史的教訓？於是，我把胸中的鬱結用文字記錄下來，這就是我的寫作初旅了。其中有一篇〈教堂之外〉，敘述人類在科學、人文、宗教、歷史之間的糾結，投去參加時報文學獎，不小心得獎了，從此，一些江湖上的朋友就說我是作家。

一九八一年秋天，當我結束四年的歷史訓練，受完預官訓，抽到金馬獎之後，一艘LST登陸艦載了五百個少尉預官航向金門，我也在這艘艦上。冷冽的風，海鷗在近處遠處翺翔，坐在搖晃的甲板上，我想著荷馬史詩《伊里亞德》（*Illiad*）和《奧德塞》（*Oddysey*）的主角奧迪修斯（Oddissius），不知他在海上漂流時想些什麼？而我剛剛結束了一場淒美的、沒有結局的愛情，雖然小說創作課的老師告訴我，沒有結局是最好的結局，但真實人生不是那樣的，對我而言，沒有結局是最糟糕的結局。於是，在太武山下冷溼的碉堡，我把生活裡的種種細碎雜感用文字記錄下來。在金門戍守時寫的這些散文小品，就是我的少作了。

一九八二年秋天獲得時報散文首獎，得獎作品是〈湖邊的沈思〉，以一個年輕史學工作者的眼光，探索古往今來的戰爭，我寫著：「海上航行，夜晚漆黑的海面是不見前路，不見來時路的幽黯，沒有過去，沒有未來，彷彿生命便是這樣茫然地在海上漂流。我坐在甲板上，浪濤拍擊著船身，在幽微處，一種心情，我想起荷馬史詩裡的奧迪修斯，不知他在海上漂流時想些什麼？戰爭？和平？妻子？還是那有美麗海岸與藍色天空的故鄉？」

年輕的我懷抱著遠天理想，要效太史公「究天人之際，通古今之變，以成一家之言」，但是，像我這樣一個凡夫俗子，又做得個些什麼事？

於是，在冷溼的碉堡，我一邊寫著雜感之類的文字，一邊讀著《文史通義》和馬克・布洛克（Marc Bloch）《史家的技藝》，當我讀到他在導論中所寫的：「一個歷史家的兒子問父親：爸爸，歷史有什麼用？」我就想：是不是有一天，我的孩子也會問我：爸爸，歷史有什麼用？那麼，我又要如回答呢？

布洛克是我個人非常佩服的史學家，他是法國年鑑學派的祖師爺，第二次世界大戰時，他以大學教授之尊，投入反納粹的地下工作。有一天黃昏，當他和幾個參謀吃過晚飯，在公園散步時，布洛克忽然很感慨地說：沒想到在短短的二十年之間，人類就犯了兩個歷史的大錯誤。布洛克說的兩個歷史大錯誤，指的就是第一次和第二次世界大戰，而人類並沒有在其中獲得教訓，反而以類似自殺的瘋狂行徑寫下這段悲慘歷史。終於布洛克仍是死在納粹獄中，留下了一部不朽的手稿《史家的技藝》。當我一邊閱讀，一邊思索人類的過去與未來，戰爭、生命、自然、宗教、人文、科學的種種糾結時，我決心重回學院。這就是我由歷史到文學，再從文學到歷史的過程了。

在修完碩士課程之後，經濟情況很糟，不得不出外工作，我的第一分工作是到聯合文學擔任編輯。對一個寫作者而言，創作當然是最重要的，但是當時在台灣並沒有這樣的條件，因此文字工作者不得不有其他的謀生之道，於是我開始乞食於編的生涯，就這樣我在聯合文學做了四年的編輯工作，從年輕的新兵做到老芋仔；其後在我就讀博士班時轉任聯合報新聞編輯，直到一九九二年八月辭職專心撰寫博士論文，第二年八月回到學校教書。

張愛玲說寫散文就像把自己的肚臍眼翻給人家看，寫作者最容易將自己赤裸裸呈現出來的，大概就是散文了；我們讀到的散文，往往是作者個人的私密世界，家裡的父母兄弟姊妹、叔叔伯伯阿姨舅舅姑丈，兒子女兒孫子外孫，同學朋友同事，舉凡想得到的，都在文章裡出現。問題不在肚臍眼不肚臍眼，而是誰的肚臍眼。

我個人寫了一些散文，免不了我的肚臍眼也成為讀者熟悉的東西，特別是一些陳芝麻、爛穀子之類的事。有時眞是要命，剛見面的朋友，你講不到三句話，他對你比你對自己還熟悉，一不小心你還可能講錯，想想眞是可怕極了。但肚臍眼給人看也有好處，就是不敢亂來，不敢亂說，倒也像張愛玲小說〈紅玫瑰與白玫瑰〉裡的振保一樣，第二天起來，又變成了一個好人。

我個人的生活和四件事息息相關：一是歷史，二是文學，三是音樂，四是書法，我很難說自己更喜歡哪一樣。一九八五年逝世的鋼琴家愛彌兒．吉利爾斯（Emil Gilels）是我喜愛的鋼琴家，有一回採訪者問他，他所追尋的音樂是往上還是往下，所謂往上係指追求純粹藝術，往下則是將關懷放到現實世界。吉利爾斯用手指了指地下，表達了他的想法。是的，純粹藝術當然可以達到很高的境界，可是對吉利爾斯而言，他是要在烏克蘭這片土地才能孕育出他偉大的藝術生命，因爲藝術乃係植基於母親的大地。我想，這也表達了某些我個人對藝術的觀點吧！

我的文字書寫，說不上是文學創作，主要是記錄斯土斯民的故事，是身爲臺灣人對這片土地的愛。

從特遣兵到乞食講堂

我從未想過自己會被選進特遣隊，一日特遣隊，終身特遣隊。就像我從未想過自己會乞食大學講堂，成爲歷史學系教授。

這一切都是偶然的，人生就像溪裡的石頭，順著溪水流向天涯海角，誰也不知道自己未來的方向。決定方向的是溪流，不是石頭。也許一個大彎，將石頭沖向沙灘，成爲溪岸的風景；也許一個坑窪阻住石頭，於是不再向前滾動；也可能是一場洪水，直接將石頭沖向大海。

秋光侘寂

第一次到荖溪遠足，是小學五年級。半大不小的模樣兒，頭戴黃色小帽，身穿卡其衣褲。

荖溪對豐田村的孩子來說還滿遠的，記憶裡那是小學最長里程的一次遠足。六年級的畢業旅行是去臺東，到知本洗溫泉和參觀臺東糖廠。一九六〇到一九七〇年代花蓮的國小學生，遠足和畢業旅行約略就是這樣子。印象裡那次遠足眞是走了很久，走到荖溪，坐在河岸邊，吃母親準備的飯包，溪水清澈得什麼似的。我看到波光粼粼中，有綠色的台灣玉（豐田玉）。

國中二年級時班導師洪文瓊老師帶我們爬石綿山，從豐田上山，荖溪下山，我才知道原來荖溪發源於石綿山。石綿山的正式名稱是荖腦山，產台灣玉，開採的時間約莫是一九六〇到一九八〇年代。花蓮糖廠豐田宿舍向北有一棵芒果樹，芒果樹旁是中國石礦公司辦公室。荖腦山原爲石綿礦場，中國石礦公司取得礦石開採權。台灣玉俗稱石綿骨，故爾村人稱荖腦山爲石綿山。在洪文瓊老師帶我們爬石綿山，從荖溪下山以前，我從來不知道原來石綿山的玉石會流到荖溪這邊。

我們一般說的荖溪，係指臺九丙線重光部落附近，荖溪在這裡轉折，形成一個可以泅水的狹灣，再向東流向花蓮溪。花蓮的溪流大部分為東西向，由西向東流，除立霧溪直接流向太平洋之外，自木瓜溪以南，都先流向花蓮溪再匯入大海。而各鄉鎮間主要即以溪流畫分，吉野鄉和壽豐鄉之間是木瓜溪，壽豐鄉和鳳林鎮之間是知亞干溪（後來不知怎麼改為壽豐溪，我覺得這名字改得有點兒霸道，人家鳳林鎮也沒要求改成鳳林溪）；鳳林鎮和光復鄉之間為馬太鞍溪；光復舊名馬太鞍，戰後改名光復，但平常我們仍說馬太鞍，而不說光復。這類地名有時真是說不清楚，如同吉安也是戰後改的，原本叫吉野，家裡向來說吉野而不說吉安，有時硬改地名真的很奇怪。

可能緣於花蓮的溪流條理清晰，我一直對溪裡的石頭，有著莫以名之的情愫。國中英語課學到「A Rolling Stone Gathers No Moss」（滾石不生苔），可我從來沒弄懂這句話是好話還是壞話。究竟是石頭不斷滾動，表面就不會長青苔，激勵人生努力向前行？或者說石頭不滾動，表面就會生長出青苔，意指安於現狀，可能會喪失向前的動力和勇氣？四十年過去了，我仍然無法精確掌握這句英文諺語的意涵，亦不知該不該怪罪我的英文老師。

我內心深處一直覺得自己是顆滾動的石頭，而滾動的石頭生不了青苔，只能隨著溪水，流向不知名的地方。

跟大部分年少立志的人比起來，我眞是沒有太多鴻鵠之志。唯一勉強算得上自主意識的，大概是高二時決定念歷史系，而後來果然去念了歷史系。但我也沒有一路走來始終如一，大三時曾考慮降轉社會工作系，後來卻未塡申請表。就讀歷史研究所碩士班時曾乞食於編，四年後再報考博士班。甚至後來站上大學講堂，仍非安於傳道授業，更不要奢談解惑之類崇高理想。因爲我的浮世半生，很少事情依據生涯規畫實踐。簡單地說，我從不相信生涯規畫這類玩意兒，每次看到學校有生涯規畫之類的課，總是搖搖頭，笑一笑。我們的時代，我們的社會，我們的大學，有太多太多的生涯規畫專家，職涯規畫專家，而他們不曾爲我找到人生的方向。孔子說四十而不惑，縱使我在四十歲時，亦並沒有不惑，而是大惑特惑，更不要說五十以後壓根兒不知天命。

一九八一年冬天，一艘ＬＳＴ登陸艦載著五百多名預官到金門去，我也在這艘艦上。在此以前，我剛剛於夏天走出校門，告別四年晨昏與共的大度山，在鳳山受完爲期四個半月的預官步兵排長訓練，掛上少尉軍階分發到金門。對於到外島戍守，我心裡有著莫以名之的歡喜，說不出爲什麼，大概是嚮慕一個現代戍邊人的古典豪情吧！海上航行，夜晚漆黑的海面，不見前路，不見來時路，沒有過去，沒有未來，彷彿生命便這樣茫然地在海上漂流。

經過三次上船，兩番夭折的航行，越過一百五十浬的台灣海峽，終於遲遲艾艾抵達金門料羅灣碼頭。北風獵獵，心事沉沉，故鄉已遠，戍守情懷自四周湧來。背著綠色的黃埔大背包走下甲板，頗有幾分悲壯之感。本來以爲受完預官訓便可以好好地幹一名步兵排長，在戍守的碉堡啜飲高粱。遽料才下登陸艦，就被挑選進特遣隊；海上航行的疲憊還在，吉普車載我到太湖，下了吉普車，跑一萬公尺回到戍守的碉堡。

選進特遣隊以後，開始嚴格而艱苦的訓練。每天早上，訓練官帶著我跑一萬公尺，從白楊碉堡仁愛莊起跑，沿著太武山跑向太湖。冷寒的清晨，吐氣成霧，把山水迢遙跑得壯烈起來，隊上的哈利總是興高采烈地一路跟隨。哈利是一條土黃色的雜種土狗，或許因爲有狼狗血統的緣故，長得壯碩異常，比尋常土狗高大得多，跑步時跳躍的弧度頗具美感，而且速度極快，每次跑萬米時，總是跑在我前面，一路奔馳而去。據說部隊初抵金門時，有一回夜行軍經過戰備道，弟兄發現牠躲在木麻黃樹下哀嚎。泥濘的戰備道，雨淒淒冷冷地下著，這位弟兄看了於心不忍，於是抱著用體溫爲牠取暖。彼時哈利只有一丁點大，猶自嗷嗷待哺，這位弟兄於是成爲牠的保母，每天用牛奶和隊上的剩飯、剩菜餵牠，大夥兒沒事時逗著牠玩，有如隊上的新進弟兄。幸運的是哈利不必受入隊訓，一來就當「老鳥」，不像我們要接受鐵漢訓練，每天被操得連狗都不如。

我到隊上的時候，哈利已經長得既高且壯，跳躍的弧度眞是漂亮極了，可惜我的鐵漢訓練太過艱苦，減少了欣賞的雅致。雖然如此，每天早上跑萬米時，心裡仍頗欣慰，至少還有哈利陪著我。

沿著太武山跑向太湖，經過武揚塘時，迎天挺立的白楊樹有一種悲壯之美。我總是邊跑邊胡思亂想，想著過往歲月的美好回憶，在流汗、流血、流淚的訓練過程中，這是唯一麻醉自己的方式了。白楊樹高高挺立向天，宛如我不屈的意志。來自料羅灣的風吹面如割，冷寒的清晨，我有如上少林寺習藝的小徒弟，一步一淚地跑向太湖。

總在晨曦未啓時來到太湖，滿身的汗水，疲憊的身軀，這時訓練官會好心地讓我稍事休息，跑完一萬公尺確實也累了（號稱萬米，實際上是八千多公尺）。

坐在大太湖和小太湖之間的堤岸上，沿湖而植的白千層在曙光漸露時展現動人的姿態，風過湖面，吹起陣陣漣漪，這是太湖最美的時刻。

哈利伏在我的腳邊伸著舌頭喘氣，我摸摸牠的頭，彷彿相依為命的兄弟。訓練官蔡世明少尉這時也不再像凶神惡煞般死命盯著我，偶爾跟我談談隊上的事，以及為甚麼要接受入隊訓練的根由。在他之前，特遣隊軍官原本不必受入隊訓，但長久以來，弟兄們常因軍官不須受訓而頗有微詞，使得領導統御發生問題，他是第一個接受入隊訓的軍官，我是第二個。其實對像我這樣的預官少尉而言，役期一年十個月，扣除分科教育只剩一年半，受再嚴格的訓練又有甚麼用？退伍時還不是一走了之。而我，在冷寒的冬季受訓，迎著北風凜凜，更添幾分戍守的悲壯。

在入隊訓接近尾聲時，一九八二年一月七日，我記得那是一個星期六的下午。緣於隊上已經有幾個船期選不到合格新兵（新兵的標準是身高一七五公分，陸軍第一特種兵，高中畢業，沒有近視），所以那天選了十個新兵，但有些體格委實不太理想。

新兵進營區時，我正接受戰鬥教練，包括雲梯（將木條用ㄇ型鐵條釘在白楊樹上）、繩網和板牆。一起受訓的通信官陳志得（通信學校專科班畢業），在過繩網時，因右手撞到痲筋，從繩網上斜斜摔下，從此跛著一條腿，直到我退伍，傷勢仍未復原。二兵韓文賓在過繩網時，因兩手撞到痲筋，從繩網上打橫摔下，跌在地上的聲音像打鼓，從此吃著傷藥鐵牛運功散。那是一個倒楣的星期六下午，兩位受訓軍官和三位士兵，五人中有兩人受傷。剛選的十個新兵進行入隊儀式，隊上嗜血的老兵們正在修理新兵，每一個新兵都被打得鼻青臉腫。其中一位彰化兵，在進門儀式結束後，晚餐時已經無法吃飯。第二天星期日早晨，輔導長查舖時發現這位彰化北門兵還躺在床上，用手一摸，身體已經發軟，急找駕駛載上吉普車，送往花崗石醫院，從此沒有回來。

為期兩個月的入隊訓練，是精神、意志與體能的磨練，過程艱苦而駭人。除卻每日例行的五百個伏地挺身、交互蹲跳、仰臥起坐，以及柔道、跆拳、拳擊、搏擊、擒拿等格鬥課程之外，每日晨昏我沿著太武山林樹間的道路繞太湖跑萬米，路線為我進隊時所跑的距離，終點則是我此刻坐著的石橋。因著每日晨昏跑完萬米後精神體力的片刻鬆弛，我對太湖和這石橋生出莫以名之的感情。而在流汗、流血與流淚中，我由一個預官少尉茁長成有不屈意志的特遣隊員。

結束入隊訓時已過大雪，弟兄們種的茼蒿在火鍋裡翻滾，我們飲著濃烈的高粱。正式成為特遣隊員後，山訓、渡河、爆破、滲透、突擊等等課程接踵而至，並且於一九八二年六月返臺，在屏東大武營接受傘訓，種種際遇、經歷，均非始料所及。

我已經開始接值星，揹著紅色的值星帶，左臂上繡著猛鷹骷髏頭，看起來頗有幾分嚇人。我大聲喊著口令，晨跑的時候一馬當先跑在隊伍前面，截過小太湖，站在堤岸上點名。朝暾緩緩自東山升起，映得水面波光粼粼，冷風襲來，宛如刀割。

戍守的日子寂寥而悲愴，我常常由碉堡後面的小徑上太武山看船；看料羅灣的漁舟，看遠方的機帆船，更牽掛由台灣來的交通船或ＬＳＴ登陸艦。君自故鄉來，應知故鄉事，這樣戍守與關情同在的日子，我心事起落如潮。

吃冬至湯圓的時候，碉堡外的楓樹已經紅了葉子，料羅悲風凜凜捲來，吹得木麻黃獵獵作響，老狗哈利已經離開我們了。一個微雨的黃昏，哈利獨自離開營區，從此沒有回來，晚點名的時候，大夥兒急得要命，尤其抱牠回來的弟兄更是心焦如焚。隔日探聽的結果，始知被政戰部的人祭了五臟廟。弟兄們義憤塡膺，說要去討回公道，隊長將大夥兒攔了下來，因爲政戰部是我們的直屬長官，弟兄們只有認了。政戰部派人到隊上來解釋，說不知道那隻狗是我們養的，我心裡只有苦笑，每天早上哈利陪我們跑萬米時都要經過政戰部營區，那些政戰部軍官怎麼可能不知道狗是我們養的？諸如此類的事似乎也沒甚麼好多說。失去哈利之後，碉堡冷清了許多，我也鎮日恍然若失。只有從台灣寄來的包裹，稍稍慰藉我們的心，窩在碉堡裡啜飲高粱，把雨溼的心情喝得血脈僨張起來。

在網路搜尋引擎打上「山外事件」，會出現《時報周刊》的相關報導，以及為數甚夥的相關文字，各說各話，莫衷一是。官方的軍史也記錄了這樁事件，而最有資格發言的是我，蓋因我就是山外事件的當事者。

台灣特種部隊，在我服役的年代，海軍陸戰隊特遣連排名第一，第二為空降特戰部隊（即傘兵）特勤中隊（即涼山部隊），第三是憲兵特勤連；排序前三名的特種部隊，官士兵均為志願役，至少簽四年，各隊百人，這幾個部隊是一般兵種不敢招惹的。陸蛙成功隊排名第四，第五是政戰特遣隊；不是我長他人威風，滅自己志氣，真要幹架的話，特遣隊還是幹不過陸蛙的。我知道這樣寫的時候，各特戰部隊退伍軍人可能又要在網路上大打口水戰，不過，這年頭口水戰還會少嗎？壓根兒不差這一場。

年輕氣盛的特遣隊弟兄，最家常便飯的要算打架了。而且台灣的特種部隊真是怯於公戰，勇於內鬥，共軍殺沒幾個，自己人倒是打得熱鬧滾滾。在特遣隊學長教訓學弟是理所當然，階級嚴得甚麼似的。有時略有不服，拔下軍階，便到柔道場單挑，柔道、跆拳、搏擊，打贏打輸各憑本事，打落牙齒和血呑。如果軍官願意拔下軍階，也可以和士官兵單挑。反正這裡講的就是力，誰的拳頭大誰贏。

這一天輪到我背值星帶，紅色的織緞右肩左斜，大剌剌掛在我黝黑的裸裎身軀上。穿一條黑短褲，光著腳巴丫子，吆喝著休假的弟兄們集合，檢查服裝儀容，一副煞有介事的模樣。平常在營區，隊上弟兄大部分時候打赤膊，黑短褲，光腳丫；跑萬米時穿上紅色運動鞋；除了冬天穿藍色長袖運動服之外，平常大部分時候均以男人赤裸的胸膛相見，這是特遣隊的傳統。而我，一個預官少尉，渡過一百五十浬的台灣海峽，一下船就選進特遣隊，莫名其妙地受了一個多月入隊訓，伏地挺身五百，仰臥起坐五百，早晚跑一萬公尺，像新兵那樣操練著。甚至接受山訓，野地求生訓練，一九八二年夏天返台，到大武營接受初級傘訓，可以說大部分部隊上的體能戰技訓練我都受過了。於是一個略帶神經質，有點憂鬱性格的文學院書生，錘鍊成有不屈意志的鐵漢特遣隊員。曾經，多少次午夜的夢裡驚醒，以爲自己已不復人世，淚溼一臉衣襟是漫漫長夜。而現在一切都過去了，左胸繡著傘徽，右臂繡著突擊徽，左臂上那隻振翅張爪的兀鷹與骷髏頭，正代表了這個隊的精神。偶爾也會情不自禁地想起受入隊訓那段煎熬痛苦的日子，每次經過營門時高喊精神標語：麗陽第二隊，勇猛精神；奪取超連隊，萬丈勳榮；飯前的特別答數：特遣隊，要吃苦，要忍耐，要勇猛，要慓悍。

休假的弟兄們都出去了，留營的弟兄開始清理因颱風過境而摧折的樹枝。打著赤膊的弟兄們，一個個魁梧雄壯，虬結的肌肉發出古銅色油光。我帶領著他們鋸樹幹，掃枝葉，一車車載到山外的垃圾場。

颱風剛過，青朗朗的天空，海風襲來，頗有幾許涼意。坐在二又二分之一K的大卡車上，我想著今天的C一一九上該有我的信罷！想著，想著，車到山外，一位休假的弟兄招手攔車。我從副駕駛座跳下，問道：「陳坤，甚麼事？」陳坤向我敬了個禮，說：「報告分隊長，那邊有六個海龍的把我們圍住，你快過來看看。」海龍乃陸軍蛙人部隊，簡稱陸蛙，又稱成功隊，即兩棲偵搜營，平常在金門，特遣隊和成功隊蛙人向來水火不容，只要狹路相逢，鮮有不惡言相向，甚而大動手腳。前些時候我和新進弟兄們返台受初級傘訓，據說隊上老兵和蛙人幹了好幾場，互有勝負。我問陳坤，「你和誰在一起？」「就我和邱靖帶四個新兵出來買東西。」我一想，糟了，新兵指的是那些還沒有結訓的菜鳥，不敢打架，不能打架，也不會打架，於是叫車上的弟兄都下車。

陳坤跑在前面，我們一群二十幾個赤膊軍就這樣在山外街道上快跑起來。好事的居民知道特遣隊和海龍又打架了，紛紛指點方向。跑到談天樓與山外公園轉角處，六個海龍圍著我的新兵調侃，唯一已結訓的老兵邱靖握緊拳頭。快接近的時候，我大喊一聲：「上！」弟兄們一擁而上，拳打腳踢。我反手抓住一個海龍的胸口，照面就是一拳。

有人流血了，弟兄們看到血，打得更加慘烈，六個海龍的招架不住，一個個血跡斑斑，我看到血，也打發了性，邊罵邊打，赤膊的上身濺滿了血。有一個長得特別魁梧的海龍衝出重圍，往料羅方向跑去，邱靖和另一位弟兄一路追打。大約打了十幾二十分鐘，我看差不多了，莫要打出人命來，於是勒令弟兄住手，要那五個海龍站好。我大聲吼著：「你們屌是不是，要屌回料羅去屌，以後不要給我在山外看到你們。」然後要他們站在原地，我招呼弟兄上車，並在山外繞一圈，將休假的弟兄都帶上車。我在山外與小太湖之間找到邱靖，也一塊兒帶回來。一路上弟兄們大肆渲染著戰局的慘烈，總算出了多日來胸口的惡氣。

回到隊上，吃過午飯，小憩一番。才剛打了個盹兒，有弟兄敲門，我喊：「進來。」

坐起身，我看到兩個鼻青臉腫的弟兄，急問：「小鬼，怎麼回事？」「被海龍的堵到。」「多少人？」「兩卡車。」糟了，從山外回來時有四個休假的弟兄沒找到，莫要都出事了。「你們趕快擦藥去，我來想辦法。」

那有甚麼辦法可想，海龍有幾百人，我們才幾十個人，到哪裡去搬救兵？正在想的當兒，隊長的傳令兵來到碉堡外，說隊長有事找我。我三步併兩步，趕到隊長室。一臉鐵青的隊長用力搥了一下桌子，舉起粗壯的拳頭：「値星官，你搞甚麼？」我嚅嚅地道：「報告隊長，我也不知道會弄成這樣。」隊長伸出食指，指著我的鼻子：「吳鳴，我本來以爲你的學養和領導能力，可以使隊上弟兄往好的方向走，你搞甚麼？跟他們一起豁？」「報告隊長，這件事我會負責。」「好罷！你就負責好了。」走出隊長室，去看那兩個受傷的弟兄，執手相看淚眼。

回到小碉堡，一整個下午鬱鬱悶悶，做啥都提不起勁兒。吃過晚飯後，隊長把我叫到隊長室。「指揮官打電話來，說這次一定要辦人，鬧得太不像話了。」「是。」我恭敬地答。「這分公文你看一看。」我從隊長手上接過簽呈，上面寫著：「查陸軍步兵少尉吳鳴，十月七日於山外鼓動弟兄與兩棲偵搜營發生鬥毆事件，依軍人懲戒辦法，記大過兩次，以儆效尤。」

讀著公文內容，我的手不禁顫抖起來。兩個大過，預官的兩個大過可以毀掉一生，不能任公職，不能出國，不能……，我的眼眶噙滿淚水，我知道這次真的捅了大婁子。

我不知自己怎麼走出隊長室的，穿過黯黑的林樹，回到自己的小碉堡。

「報告值星官．政戰部來電話，指名要分隊長接。」安全士官在碉堡外喊我。「我就來。」我知道終於無所逃於天地間了，政戰部已經來電話，一切都來不及挽救了。心一橫，走出碉堡。一陣抖索，初秋的夜晚，冷寒得多麼。

抵達安全士官室，拿起話筒：「喂！我是特遣隊吳少尉。」電話那頭傳來興奮的聲音：「吳少尉，恭喜你得到國軍文藝金像獎。」「甚麼？」我根本不敢相信。「你不是寫了一篇〈鷹的成長〉嗎？獲得今年文藝金像獎的報導文學銀像獎。恭喜你啊！」「真的。」「哇操，還煮的咧！司令官禮拜一在擴大月會上要先頒金防部的獎金給你，你穿整齊一點，到擎天廳受獎。」「是！謝謝長官。」「還有，準備借一套軍禮服返台領獎，趕快找文書辦假條和機票。」我的手握著話筒，久久放不下來。安全士官問：「分仔，甚麼代誌？」（分仔是分隊長的簡稱）「我得獎啊。」放下話筒，急奔隊長室。

「報告隊長，我得到國軍文藝金像獎了。」「眞的，太好了。」隊長看了看桌上的公文：「麻煩了，這大過不能記了，否則怎麼交代？好罷！找陳坤頂好了，送他關二十八天禁閉，找文書來重擬公文。還有，也要記你一個大功。」「我……，謝謝隊長。」

走出隊長室，透過濃密的林樹，我看到漫天閃爍的星星在對我眨眼睛。

一九八三年五月廿五日清晨，早點名時隊長要我對弟兄們說幾句話，我告訴弟兄們，特遣兵是一顆種籽，縱使埋在土裡，總有一天會生根發芽，長成大樹。

麗陽營區天剛濛濛亮，清晨微風吹著我短短的頭髮，告別軍旅，告別特遣隊，我走向生命的另一個旅程。

一九八三年九月，我來到指南山下，重拾書卷，進入政治大學歷史研究所碩士班；一九九三年四月，我完成博士學位，秋天時返回母校政治大學歷史系教書，從此乞食講堂，誤人子弟。

在麗陽服役的最後階段，我看到參加政戰年會教育召集的退伍弟兄，重受入隊時的各項訓練，嚇得我手腳發軟。心裡想著自己退伍後如果再操一次，肯定半條命。依據政戰特遣隊退伍軍人召集辦法，每兩年要參加政戰年會，即所謂教育召集，歷時廿五日，迄卅五歲歸建一般後備兵役。而逃避教育政戰年會教召的方法有二：一是出國，二是念書；出國軍方當然管不到，繼續念書則可以學生身分免受教育召集。於是我花了十年時間取得碩士與博士學位，畢業時適巧接近歸建一般後備兵役的年齡，故爾不曾接受教召。在內心深處，我可能仍懷著某種恐懼，平常吹犢子講大聲話，眞正回去再受一次特遣訓，則是能免則免。

但我的憂心其實有點多餘，因爲在我退伍後，政戰特遣隊經過多次改編，已經不是原來的部隊了。我在一九八三年五月廿五日退伍，當時隊上大部分弟兄已經調往內湖出警總任務，爲彌補原軍團任務空隙，一九八三年秋天，上級要求擴編四個連隊，五連駐中壢龍崗，七連駐台中和平，六連和八連駐高雄柴山，且爲符合陸軍編制，正式改名爲政治作戰連。從政戰特遣隊到政治作戰連，部隊的性質已有所改變，任務內容亦略有差別。以名稱而言，我算是末代政戰特遣隊的成員，雖然在二〇一五年四月廿五日成立的政戰特遣隊退伍弟兄協會，兼容並蓄，包括後來成立的政六連到政九連。

進過特遣隊的人，很難忘記特遣隊魔鬼式的訓練。退伍初期我常在夢魘中驚醒，渾身顫抖，冷汗淋漓。多年以後想起這些，卻已是歲月迢遙。

政戰特遣隊大事記

（1）緣起

政戰特遣隊係因越戰而生，越戰加劇後，南越不斷向台灣求援，美國因擔心中共介入，台灣亦欲藉機反攻大陸，故美方阻擾台灣派兵增援，一九六八年台灣軍方以協助建立政戰制度爲由，赴越代訓南越政工人員，除文職政戰科人員公開派遣外，並於空降特戰中心、兩棲偵搜營、突擊兵、特戰部隊等單位，挑選精銳，仿美軍綠扁帽編組，秘密組成特遣隊，因以政戰爲名，六大戰法爲本（思想戰、情報戰、心理戰、組織戰、謀略戰和群衆戰），取名政戰特遣隊。一九七〇年政戰特遣隊正式成立三個中隊，一九七八年新編第四中隊，一九八三年增設第五至第八政戰連，一九八七年海軍成立第九政戰連；一九九八年國防部實施國軍精實案，政戰特遣隊（政治作戰連）裁編，與心戰總隊整編爲心戰大隊，回歸陸總部，一九九九年政戰特遣隊正式裁撤。

我於一九八一年十一月三十日迄一九八三年五月廿五日服役於飛鷹第二政戰特遣隊，任第一分隊分隊長；一九八三年秋天增設第五至第八政戰連，原有的第一至第四特遣隊，則改名爲第一至第四政戰連，故爾我約可列爲末代政戰特遣隊員。

(2) 說明

因政戰特遣隊（政戰連）於一九九九年國軍精實案裁編，相關史料均已銷毀，本表依據幾位弟兄整理的相關隊史資料匯總，其中有傳說，有親歷，無法確實考訂。表中有詳細月日者依序排列，無月日者列於該年末項。

年代	事件	備注
一九六八	● 八月，於陸總部特戰學校及某些基地秘密訓練特遣隊，分為兩類：一、文職人員公開派遣；二、挑選特種部隊精銳，仿美軍之綠扁帽編組，秘密組成特遣隊。 ● 第一期於龍潭特戰學校結訓，成為國防部第一支編成的政戰特遣隊；同年底答應美方要求赴越從事敵後任務支援美軍。	

年代	事件	備注
一九六九	●第二期結訓成員，分為兩批，一批至師級單位（或類似師級單位）開訓特遣隊，於全國各重裝師成立特遣隊，成為開訓幹部（臨時編組，國防部記載正式名稱為政戰連，一九七〇年代後裁撤，僅剩部分隊員於師部，傳言能飛天鑽地，亦能靠一根蘆葦藏於水中，隊員多為蛙兵及一些特殊分子構成，曾赴越從事作戰任務）。 ●另一批在特戰司令部成立特遣中隊，亦為開訓幹部。因事屬機密成員亦奉命保密，故一般人較無從得知。該單位亦為臨時編組，訓練出的成員俗稱潛龍或神鷹，一九七四年空特時期演變為正式編制，稱高空排、潛水排、特勤排、突擊排等（高空排仍有特遣隊這個舊稱，肇因於此）。後期之特勤排演變成涼山特勤隊，實因蔣經國原為總政戰部主任，政特為其直屬部隊，因國際劫機、劫船事件頻傳，故其以政特為樣本，陸續成立另兩支特勤隊，而空特之特勤排則奉其令於一九七九年改制為特勤隊，其本島作戰區域劃分與政特北、中、南之防區相同，故其任務訓練大部分與政戰特遣隊極為雷同，但初期重點以反劫機、反劫船維安事項為主要任務，所以亦被通稱為維安特勤（與後期警方成立之維安特勤隊不同），但近年已改為反恐任務為主，並整併成空降突擊特勤中隊。	

年代	事件	備注
一九七〇	● 第三期結訓，正式擴編成三中隊，成員百餘人，配屬於軍團，教官組成員除在政戰特遣隊中歷練，後部分人員亦調至師部特遣隊、特戰特遣中隊成為訓練官，其後軍團之政戰特遣隊基地，亦成為師級特遣隊之年度復訓基地。 ● 擴編之三中隊，分駐南、北（第二、第一軍團）及金門防衛司令部三地，受國防部指揮，應付各種特殊指令，北（龍虎一隊）駐中壢，南（飛鷹二隊，亦稱神鷹二隊）駐清泉崗，後搬至台中松鶴，金防部（鐵血三隊）則駐第三士校，後搬至武揚台。外島金門兩年一輪調，除司令部新成軍之政戰特遣隊外，師部亦有特遣隊，主由各師成功隊中挑選結訓蛙人身高一八〇公分以上，高中以上學歷（含反共救國軍蛙人部隊），當時特遣隊與成功隊住在一起（蛙人標準為一七〇公分，國中以上學歷）。 ● 正式擴編成為三個中隊：政戰特遣隊第一中隊（代號龍虎）、政戰特遣隊第二中隊（代號飛鷹，隊徽神鷹）、政戰特遣隊第三中隊（代號鐵血）。	
一九七四	● 神鷹特遣第二中隊進駐武揚台營區，稱仁愛莊，仁愛一莊、二莊亦為駐地，其後一莊、二莊為政特訓練師部特遣隊（亦稱政戰連）之處。	

年代	事件	備注
一九七六	● 鐵血特遣第三中隊再度換防進駐金門仁愛莊。	
一九七八	● 軍團二分為三，加設中軍團（十軍團），北軍團改制為六軍團，南軍團改制為八軍團。一九七八年底抽調三支特遣隊之第三分隊，組成野雁特遣隊（第四隊），編成後進駐金門。因此特遣隊改制成每隊二分隊，滿編七十二人（有效法黃花崗七十二烈士之意）；四隊名稱分別為：第一政戰特遣隊（龍虎特遣隊）、第二政戰特遣隊（飛鷹特遣隊）、第三政戰特遣隊（鐵血特遣隊）、第四政戰特遣隊（野雁特遣隊）。	
一九八〇	● 第二特遣隊（由神鷹正式改回原隊名飛鷹）與第四政戰特遣隊（野雁）換防，再度進駐金門仁愛莊。	
一九八一	● 第三特遣隊（鐵血）由松鶴遷至麗陽營區。	
一九八二	● 十二月廿四日鐵血第三特遣隊第三度進駐仁愛莊後，改名鐵血莊。 ● 飛鷹第二特遣隊由金防部換防後，進駐台中谷關麗陽營區。 ● 一九八〇年代，台灣三支特遣隊奉國防部命令陸續支援警總，四隊於一九八〇年春赴澎湖靖廬支援；一九八一年冬，一隊接手澎湖靖廬，處理共諜滲透任務（駐地為澎湖光明營區），三隊赴台中港，四隊赴新竹等地靖廬，處理相關業務。	

年代	事件	備注
一九八二	● 四支特遣隊均曾駐防金門，第一中隊和第四中隊各一次，第二中隊二次、第三中隊三次。 ● 一九八二年十二月廿四日第三鐵血特遣隊第三次換防任務後，由於台灣三支特遣隊任務繁忙，特殊專案不斷，第三特遣隊無法換防台灣，繼續駐防金門鐵血莊。	
一九八三	● 一九八三年春天，第二與第四特遣隊奉國防部密令，以演習名義赴台北內湖白鷺鷥山支脈之某山頭駐地（在原工兵學校營區後山之白色水泥建築，工校一九八一年七、八月間已遷至高雄燕巢。今白鷺鷥駐地已剷平，成為新的三軍總醫院），並受情治特訓，結訓後就近支援警總情治、捍衛中樞、保護重要機構及保護總統、外交使節等各類任務。 ● 一九八三年秋天，特遣隊赴台北出任務，為彌補原軍團任務空隙，上級要求擴編四個連隊，增加六至八連，五連駐中壢龍崗，七連駐台中和平，六、八連駐高雄柴山，為符合陸軍編制，正式改名為政治作戰連。 ● 政治作戰連成立後，編制如下：政治作戰連第一連（簡稱特遣隊，或第一特遣隊）、政治作戰連第二連（簡稱特遣隊，或第二特遣隊）、政治作戰連第三連（簡稱特遣隊，或第三特遣隊）、政治作戰連第四	

年代	事件	備注
一九八三	連（簡稱特遣隊，或第四特遣隊）、政治作戰連第五連（簡稱政戰連，或政五連）、政治作戰連第六連（簡稱政戰連，或政六連）、政治作戰連第七連（簡稱政戰連，或政七連）、政治作戰連第八連（簡稱政戰連，或政八連）。	
一九八四	● 金門生擒共軍水鬼於灘頭，原關於憲兵隊看守所（後稱金門明德班），因體格壯碩，性格刁鑽，移交第三特遣隊（鐵血）處置，並於鐵血莊旁政戰教室山洞內闢建臨時監獄（即西康招待所之前身）。	
一九八七	● 六月，維安監察院時發生六一二事件。 ● 七月，戒嚴令解除，五、六連返回駐地。 ● 七月十五日，政治作戰連合併如下：政治作戰第四、五連合併為政治作戰第四連，駐地中壢龍崗；政治作戰第二、七連合併為政治作戰第二連駐地台中和平，政治作戰第三連維持駐地金門武揚鐵血莊，政治作戰第一連維持駐地澎湖。 ● 八月，政治作戰第六、八連合併為政治作戰第五連，駐地高雄旗山。 ● 海軍陸戰隊司令部成立政治作戰第九連（簡稱政戰連，或政九連、或三棲單位），成員部分挑自兩棲偵搜連。	

年代	事件	備注
一九八七	●澎防部第一連，中軍團第二連駐地和平，金防部第三連駐地武揚，北軍團第四連駐地龍崗，南軍團第五連駐地旗山，海軍陸戰隊九連駐地高雄柴山（一九九二年後高雄左營）等六個連。	
一九九三	●澎防部政一連、海軍陸戰隊政九連，因國防部國軍精實案解編，其他三連同時縮編剩連部、通信組、一排，全連滿編卅八員。 ●政二連本擬將駐地由和平移防至青山營區，後取消此案，理由為青山營區太遠無法照顧；年底政二連由台中和平移防回台中新社。	
一九九四	●政三連由金門武揚鐵血莊移防回花蓮新城，歸屬花東守備區，從此金門不再有特遣隊駐守，政二、三、四、五連悉駐守台灣本島。	
一九九八	●政戰特遣隊（政治作戰連）裁編，與心戰總隊整編為心戰大隊，回歸陸總部。	
一九九九	●政戰特遣隊（政治作戰連）正式裁撤。	
二〇一五	●四月廿五日，政戰特遣隊退伍弟兄協會於台北天成飯店正式成立。	

2

音樂與書寫

重回黑膠唱片的懷抱

新買的唱盤接上唱頭以後，我用奧圖・克倫培勒（Otto Klemperer）指揮愛樂管弦樂團（Philharmonia Orchestra）的貝多芬《第六號交響曲・田園》（*Beethoven Symphony No. 6, Pastoral*）開聲。

當《田園》第一樂章自揚聲器傳來，優雅的雙簧管與第一小提琴此呼彼應地對話著，我的心裡眞是感動極了。這是我最常聽的兩次《田園》錄音之一，另外一次是卡爾・貝姆（Karl Boehm）指揮維也納愛樂管弦樂團（Wiener Philharmoniker）的演奏。

第一次在我自己的音響重播系統聽到比較對的聲音，那種感覺實非語言或筆墨所能形容。長久以來，我在音樂廳與音響重播系統之間冀期找到溝通的橋樑，不意這一程路卻走了十幾年，現在總算聽到差可接受的聲音，有如看到清晨的第一線曙光。

我既非音響派發燒友，亦不是音樂廳的絕對擁護者，只是一位平凡、普通的愛樂人，既無暇也無充足金錢常上音樂廳聆聽現場演奏，又不肯完全用罐頭音樂填補音樂生活，於是徘徊於現場演奏和罐頭音樂之間的旅程漫長而辛苦。我很高興終於找到了自己喜歡的聲音，而且距離眞實樂器不太遠。對我而言，罐頭音樂最多只能達到接近現場演奏的五、六成，所以長久以來並不是很用心地調校音響重播系統。心裡老想著反正是魚罐頭，就算用最好的黑鮪，亦仍然是魚罐頭。最好的黑鮪應該拿來做生魚片，而且吃的時候最好不沾芥末。不過生活裡不可能天天吃黑鮪生魚片，偶爾吃吃沙丁魚罐頭亦聊勝於無，這就是我的音樂與音響觀。

可是這回卻爲何要費心架構我的音響？而且是類比而非數位系統？實在是數碼化的訊源，使我感覺愈來愈遠離音樂本質，那種把聲波切割成十六等分或二十四等分，用零與一符號取代類比訊息的做法，在不斷強調高解析之下，管弦樂變成薄薄的一片，缺少立體浮凸的活生感，讓我再次想望重回類比系統的懷抱。《田園》的風光明媚自揚聲器緩緩流瀉，我宛然回到了童年的歲月，清風徐來，樹影搖曳，小溪潺潺流過故鄉花蓮鯉魚尾的那片田。

在德奧系統指揮家中，克倫培勒和貝姆較愜我心，他們的指揮帶有傳統德奧音樂之從容，結構雄偉，弦樂溫潤，木管優雅，雖然在深層意涵上兩人略有所異，貝姆較具人性的光輝，表現較多的傷春悲秋；克倫培勒多一些自然和神性，其低音弦樂部的雄渾有如盤石般穩固，在內行人眼中是貝多芬交響曲的最佳代言人。美國《紐約時報》著名樂評人荀伯格（Horold C. Schonberg）曾指出克倫培勒指揮的貝多芬交響曲是一種原型（archetype），其他指揮只能在這種原型中增增減減。雖然這個說法可能引發托斯卡尼尼（Arturo Toscanini）和福特萬格勒（Wilhelm Furtwaengler）支持者的不滿，不過我倒頗覺心有戚戚。

當轉盤轉出動人的生命樂章，高音弦樂部和木管此呼彼應，引領我進入貝多芬的生命。雖然對愛樂者而言，貝多芬是生命奮鬥的象徵，不過卻也亦非全然如此。以交響曲而言，他的第三、五號固然充滿生命的奮鬥，但接近海頓的第一、二號，靠向莫差爾特的第

四、七、八號，仰望人性光輝的第九號，並不都以奮鬥爲主題。因此，貝多芬可以說是面向極廣的作曲家，蘊涵生命的種種可能，其中尤以第三、四、六、七、九號交響曲最貼近我心，這也是爲什麼我用《田園》來爲新唱盤開聲的緣故。

溫潤結實的管弦樂彌漫整個客廳，午後陽光斜斜自窗帘灑入，我的心情眞是愉快極了。並不單純是因爲音樂的緣故，而是牽連著和音樂相關的一些人和事，使我感受著人世的溫暖與情義，樂音因而更溫暖起來。是了，正是ＬＰ溫暖的聲音，使我遠離冰冷的CD，回到人性的光輝裡。接在十二吋唱臂上的唱頭，是摯友康樂所贈。一九八三年秋天康樂自美歸來，帶著幾箱書、幾疊唱片、一套音響和耶魯大學歷史學博士的頭銜。彼時甫告別軍旅的我，來到指南山下重拾讀史學文之路，預擬研究的主題是中國古代社會經濟史，大學時代的老學長張榮芳帶我去見康樂，介紹我說是東海歷史系學弟中認眞好學的小老弟。那天約在台大對面的一家海產火鍋店見面，喝了點小酒，談些什麼已不復記憶，大約不外是要我加強社會科學的訓練之類，一九七〇年代受學術養成訓練的台灣史學工作者，極強調這方面的基本素養，康樂尤爲其中的身體力行者。後來他和妻子簡惠美將許多韋伯（Max Weber）著作漢譯，並主持一項大型翻譯計畫，對西方學術名著漢譯獻力甚多。不過這方面的工作我並未追隨，一方面是外語能力不足以勝任，再者也因爲太懶。而且因爲種種緣故，我後來並沒有從事中國古代社會經濟史方面的研究，而改做現代學者的古史研究，進而轉向史學史與學術史領域，但這並不影響後來與康樂間的情誼。

事實上，一九八三年那次見面並非我與康樂的初會；更早以前，一九七七年秋天我初負笈東海，到大度山報到當天晚上，幾位二年級的學長姐說要帶我們去看康樂哥哥。彼時康樂甫獲台大歷史碩士學位，返回母系擔任講師，同學以康樂哥哥稱之，可能是因爲前一年寫論文時祁樂同老師請他擔任系上助教的緣故。那天晚上一大夥人簇擁在東海教職員單身宿舍男白宮靠近草地的康樂住處聊天，我記得屋內掛了一盞白色中式大燈籠，發出溫暖的暈黃燈光，有一種回到舊時情懷的況味。學長介紹我是新生中最小的男生，康樂說了句：「那不是豬小弟嗎？」因爲我念書這一屆生肖屬豬，雖然以農曆而言，我是狗尾巴那幾撮毛，但被康樂這句豬小弟一喊，小弟竟然成爲我大學時代的綽號，甚至到大四時，低年級的學弟妹仍喊我「小弟學長」而不名。畢業四十年後的同學會，班上一位叫小不點的女生，見了我仍叫小弟，令人不禁莞爾。一個六十歲的小弟，大概早已變成老哥了。

康樂當年開隋唐史，我們大一新鮮人不能選，只是常常看到他戴頂大草帽在校園走來走去，有時旁邊還有漂亮女生同行，令人羨慕極了。等到升上大二可以選中國斷代史課程時，康樂已赴耶魯大學攻讀博士學位。

隔年康樂返回東海，在中國現代史課堂上爲我們介紹法國年鑑學派史學，擔任這門課的林載爵老師是他大學同班同學。對大二的我而言，年鑑學派似乎僅止於浮光掠影，並沒有太深刻的印象，記得好像講了皮蘭（Henry Pirrene）和布洛克（Marc Bloch）到斯德哥爾摩開會，選擇參觀市政廳而未先前往博物館的故事。許多年後當我在課堂上向學生講述布洛克這段故事時，當日情景似乎又浮現眼前。總是這樣瑣瑣碎碎的記事，牽連著二十年的雨露風霜。許多當時覺得有如天崩地裂的大事，如今已不復記憶，卻是瑣事點滴歷歷如繪。一九八三年再見康樂時，這些我銘記心版的事對他其實已是飛鴻雪泥，不計東西，對我而言卻是成長的印記。人與人的情分，總在似有若無間。

一九九三年取得博士學位後返回政大母系乞食講堂，仲秋時節康樂臨時約我共進消夜，小飲一番。因兩人住處甚近，步行僅三分鐘，乃時相過往。杯觥之際我問康樂家裡的收音擴大機是否尙在使用，康樂說現仍服役中，問我爲何有此一問，我答說想弄一部簡單的唱盤，聽手邊珍藏多年的黑膠唱片。康樂表示他返台時攜回的老唱盤或許可以一試，於是康樂的唱盤就到了我手上。

我常常想，人和人的關係眞是微妙，我才計畫找一個類比唱盤，就有了一個現成的。於是我把唱盤搬回家，插上電，轉盤還會動，我想調校後應該可以唱出聲音吧！因爲對唱盤並不熟悉，只好搬到音響店做各種測試。這部唱盤出自日本松下電器的副牌Technics，爲全自動直驅式軟盤，接上德農（Denon）的S型唱臂，MM唱頭爲Audiotechnica（俗名鐵三角），在當年是相當高級的動磁式雙磁鐵唱頭。但因年代日久，在音響店進行調校時，換上了一顆普通的廉價唱頭。唱盤發出聲音來了，溫溫的，帶著老唱片的炒豆子聲，這就是我的第一部類比唱盤。

換下來的唱頭鎖在透明塑膠片上，擱在書桌右邊第二格放置各類音響調校工具的抽屜裡，裝上新唱頭的唱盤則在我的音響系統繼續服役。康樂將三十年來收藏的黑膠唱片清理出來，要我去拿，幾十張唱片提在手上還眞有些沈重。這些唱片不乏錄音史上的名盤，諸如祖賓．梅塔（Zubin Mehta）指揮的普契尼（Giacomo Puccini）歌劇《杜蘭朵公主》（*Turandot*），這是三十年來雄踞美國發燒天書TAS榜上的名片，在音樂和音響族中都具有崇高的地位，這也是我最喜愛的一次《杜蘭朵公主》錄音，其中〈公主徹夜未眠〉一段，尤令人動澈心肺。康樂說這套唱片是當年在耶魯念書時，同學兼室友柯嬌燕（Pamela Kyle Crossley）所贈，柯嬌燕是新清史大將，名列美國新清史四人幫，一九九九年曾到南港中央研究院近代史研究所開會，康樂夫婦陪同遊烏來洗溫泉，對台灣留下深刻的印象。可惜當時我諸事繁瑣，南北奔波，終致緣慳一面。我在唱片內套找尋柯嬌燕的簽名，並無所得，連康樂的簽名亦無，我只好自行註記，略述因由。帕爾曼（Itzhak Perlman）和阿胥肯納吉（Vladimir Ashkenazy）合作的貝多芬《小提琴奏鳴曲全集》，是英國《企鵝評鑑》指南三星帶花的版本，長期爲愛樂者所蒐尋、珍藏，這個版本被列爲一九七〇年代貝多芬《小提琴奏鳴曲全集》的代表；和一九五〇年代葛羅米歐／哈絲姬兒（Arthur Grumiaux / Clara Haskil），一九六〇年代大衛·歐伊斯特拉赫／歐柏林（David Oistrakh / Lev Oberin）的錄音鼎足而三，早已名垂古典音樂錄音史。卡拉揚（Herbert von Karajan）指揮柏林愛樂的一九七〇年代版《貝多芬交響曲全集》，是他一生五次錄音《貝多芬交響曲全集》中的第四次，評價雖不若第三次錄音的一九六三年版，卻亦是版本比較中不可或缺的演奏，一九八〇年代以後卡拉揚的《貝多芬交響曲全集》爲數位錄音，乃數位初期之名演。康樂最念茲在茲的是愛爾蘭長笛演奏家高威（James Galway）吹奏的日本民謠集（*Song of the*

Seashore and Other Melodies of Japan），以及林克昌／西崎崇子／名古屋愛樂的《梁祝小提琴協奏曲》。高威的日本民謠集包括一般人所熟悉的〈荒城之夜〉等曲目，長笛的音色溫潤而厚實，殊無金屬味，部分樂段以古箏加管弦樂伴奏。由於大部分樂段以五聲音階寫作，高威的長笛吹奏方式，亦略帶日本尺八洞簫的悲涼。康樂說高威的日本民謠集是返台前赴紐約與友人話別，友人播放這張唱片，康樂聽了很喜歡，朋友即持以相贈，頗有寶劍贈名士的古意。我想起康樂家掛在客廳牆上的一幅字，乃其業師余英時院士在他返國時所書贈梁啓超的一首詩：「十年以後當思我，舉國歡騰欲語誰？民族無窮願無盡，海天遼廓立多時。」那一代人的那一代事，蘊涵著舊時風範，點滴在心。《梁祝小提琴協奏曲》曾是海峽橫斷年代，台灣青年學子嚮慕中國情懷的印記，似乎是四、五年級樂友們的共同記憶，傳自二胡的小提琴主奏旋律，由五聲音階所衍化，有一種悠遠的情懷。而康樂送我的這些唱片，延續了上一代人的情義，卻是千言萬語道不盡。

撰寫博士論文那段時間，康樂每周或隔周便邀我共飲，兩人對飲完一瓶威士忌後各自安寢。直到我完成論文謀得教職，兩人再度同坐對飲，我發現康樂喝沒多少酒即停杯，乃問何故？康樂笑答當時是捨命陪我，如今何須同量對飲。想來我眞是其蠢如豬，長者厚愛如此，卻猶懵懂不知。如果眞算輩分的話，康樂當然是我的長輩，他的同學是我老師，我只因當年班次太低無緣受業門下，惟其妻惠美與我同歲，且有許多共同的同學朋友，乃未依年歲論輩，稱康公而不名。

換下來的舊唱頭在抽屜躺了很長一段時間，終於在我買了新唱盤之後再次登場。本來計畫新唱盤要接一顆動圈式唱頭，臨時找不到合意的（合意的當然有，價格太貴負擔不起，且有玩物喪志之虞），於是把因擱置太久而略微發霉的二十年老唱頭取出，接在瑞士梭輪斯（Thorens TD 521）唱盤上，調校之際已發現音質溫潤而密實，正好符合我對音響的基本要求。待調校完竣，用克倫培勒指揮的貝多芬《第六號交響曲》開聲，溫潤多汁的弦樂頓時瀰漫整個客廳，當雙簧管、長笛與第一小提琴展開對話，大提琴和低音大提琴穩穩地襯底，開闊的音場，平衡的聲部，精準的定位，使我不敢相信這是被我換掉，擱置在抽屜蓋有時日的二十年老唱頭。

歲月倏忽而逝，初識康樂迄今已逾二十載，從論道問學到唱片相與還，受多施少的我，有朋若此實蒙上蒼之眷顧。唱盤傳來《田園交響曲》第四樂章，雨過天青雲破時的明媚風光，縷縷細述人世的好山好水好情義。

珍本與通行本

分手的情人，沒有買的書，沒有買的唱片，感覺似乎特別值得珍惜。人生有憾，無憾算什麼人生？如果事事如意，人生還有什麼意義？但反過來看，人生有太多的缺憾似乎也不太好，破洞太多的勺子裝不了水，太多缺憾的人生，是一片空空的白。

一九九九年冬天路經和平東路，走進一家音響店，除了擺音響的後半部外，滿坑滿谷的唱片，彷彿不值錢似的。這裡的唱片良莠不齊，價格高低宛若雲泥，有一張五十元的國台語流行歌曲或翻版唱片，有一張叫價三千元的 RCA Living Stereo 影子狗（Shady dog）

海飛茲（Jascha Heifetz）主奏柴可夫斯基（Pior Ilyich Tchaikovsky）《D小調小提琴協奏曲》，買唱片的人蹲在地上一張一張挑，挑好曲目、版本，抽出唱片仔細端詳，看看是否有刮傷。有些唱片公司出版的唱片，封套上看不出版本，須以唱片內標辨識，買唱片的人如果經驗不足，總不免吃虧。CD雖然也有中古市場和交換買賣，但其中的竅門、學問，和黑膠唱片比起來，乃小巫見大巫。買CD有類買新校標點本古籍，反正標校者相同、版本相同，只是出版印行者不同，大部分內頁均採用照相製版，除了看看紙質，買書的時候不必費心考據；CD只要不刮傷，一般不必擔心壞掉。買黑膠唱片則如買線裝古籍，宋版、明刻、清版、石印，各種版本琳瑯滿目，紙張、墨色、刻工、底本優劣，外行者直是霧裡看花，愈看愈花。買黑膠唱片如果用買新校標點本古籍的心態去買，肯定叫苦連天，後悔不迭。

既然買黑膠唱片如此困難，爲何仍有一小撮瘋子執迷不悟，向死亡的美學撲去？聽聽CD不也一樣？想想也對，反正只要有聲音就是好音響，有旋律就是好音樂，吃得飽就是好米糧。我有一位美食專家的師長輩說過：可以吃得飽也可以吃得好，肚子餓的時候，一碗泡麵就可以解飢，路邊攤和排翅大餐此時並沒有什麼分別。但要吃得好，學問可大了，線裝書和黑膠唱片就是上等排翅，要泡在水裡先發過，再用雞湯文火慢燉。不但要有耐心，還得繳很多學費。我的同事兼好友劉季倫教授說過一句至理名言：「無嗜好者無深情，但一個人的嗜好不能超過兩樣。」因爲一樣嗜好已足以使人傾家蕩產。他老兄是個書痴，家有藏書六萬冊，口袋永遠囊空如洗。至於我當然沒他那麼書痴，也不像一些愛樂者動輒家有上萬張黑膠唱片或ＣＤ，我是什麼都一點點，沒有一樣是專家（Jack in everything, But Master in none）。古籍版本似懂非懂，有新校標點本就懶得查線裝書，除非研究上非用舊刻本不可，否則通行本對我已然足夠。唱片也是一樣，放出來有聲音，樂曲和旋律結構有個三分樣，就馬馬虎虎了。這點倒跟採菊東籬下的陶淵明差不多，凡事不求甚解，日子倒也過得逍遙自在。

平常我聽音樂並不講究版本，大花版和畫廊系列對我沒什麼分別，彩色郵票狗、黑白郵票狗、德國小郵票狗、紅版小天使、水藍標，各種唱片版本放到我的音響系統都差不多，反正該矇的地方矇，該清晰透明的地方還是矇，只要不是大狗、黃昏天使或無名小廠的風衣版唱片，我都照單全收，聽音樂又不是做研究，實在無須太過認眞。但那天走進和平東路的音響店，看到滿坑滿谷黑膠唱片，我卻手足無措起來。我大部分的黑膠唱片都是朋友所贈，他們改聽CD以後將唱片往我這裡送，久而久之，博得二手貨專家的渾名，而親自到唱片行買黑膠唱片是少有之事。我和店裡其他人一樣蹲在地上翻那東一箱西一箱的舊唱片，發現幾張不錯的錄音，看看價格，又放了回去。因爲這些唱片的價格對我而言，都是天文數字。我不瞭解爲什麼我看上的唱片剛好都特別貴，感覺像上帝和我開了一個大頑笑。邊翻唱片我邊想著，這裡大概是敗家子來的地方，我這種窮教員不該來攪和的。忽然我發現了一張貝多芬（Ludwig van Beethoven）《第三號交響曲．英雄》（*Symphony No.3 in E-flat Major "Eroica" Op.55*），一九五二年奧圖．克倫培勒（Otto Klemperer）指揮愛樂管弦樂團的單聲道錄音，是我最喜歡的一次《英雄》演奏錄音。這首曲子在錄音史上大概有超過兩百個錄音演奏，但這次克倫培勒的單聲道錄音版本，卻是我夢寐以思的。一九九一年唱片公司曾出版過CD，我手邊有這張荷蘭壓片的中價版，但黑膠唱片卻遲遲未見蹤影，沒想到在這家音響店出現，一時間興奮、感動之情溢於言表。不過我的興奮之情維持不到五秒鐘，當我翻到唱片封套的背面，看到上面標示的價格時，我的心情馬上從雲端跌到谷底，一張白色的小標籤打著一千三百元。以我淺薄的黑膠唱片知識判斷，這張英國哥倫比亞唱片公司未併入EMI集團以前出版的唱片，約於一九五八到一九六〇年間發行上市，經過四十年的雨露風霜，唱片上的刮痕、霉點，一定多得像燒餅上的芝麻粒兒。我抽出唱片仔細端詳，居然保存得相當良好，請店主人放到唱盤上試聽，音色甚佳，炒豆子聲也不多，只有輕微的背景母帶嘶聲，算是相當難得。試聽完之後，我把唱片裝回內套，放進薄薄的封套（哥倫比亞版的封套都特別薄，唱片倒是特別厚），再看了一眼價格，忍著心動放回唱片堆裡，繼續翻找其他唱片。找著找著，又忍不住拿起這張貝多芬《第三號交響曲．英雄》。我的口袋裡只有七百元，扣掉晚餐，可以花六百元，唱片要一千三百元，我真的買不下手，當然我可以用刷卡的方式付費，但想到下個月的房貸，勇氣頓時消失。

走出音響店時，台北街頭正下著淒冷的寒雨，我沒有帶傘，任雨淋在頭髮上順著前額流下，忽然眼睛一陣涼意，雨濕了眼睛，一個年逾不惑的中古男人為了一張唱片掛心如許，想來真的會貽笑大方。於是我暗暗發誓，以後絕不買任何一張超過一千元的唱片。

當我把這段經過講給好友林富士兄聽時，他老兄卻說前些時候也發了一個毒誓，在透支未彌補前絕不再買書，看來知識人之窮非僅我一人而已，心裡乃稍釋懷。不過，學史者當有經世襟懷，一個連自己經濟都處理不好的歷史工作者，經世之志大概是沒有的，只好躲在象牙塔裡孜孜矻矻做研究，胸懷天下的鴻鵠之志只好等下輩子了。

也許人生眞的不免有憾，一張沒有買的唱片當然不足爲訓，很多沒有買的唱片，大概可以說明我的人生缺憾數不清。多年以前看到一張西格第（Joseph Szigeti）與巴爾托克（Bela Bartok）合作的貝多芬小提琴奏鳴曲《克羅采》，一九四〇年在美國國會圖書館的實況錄音，當時我的音樂素養太過浮淺，不知此演奏的珍貴，任其擦身而過。十年後終於買到平行輸入的日本版，美國版那張唱片卻如羚羊挂角，杳不可尋。有一回看到福特萬格勒（Wilhelm Furtwängler）指揮的《貝多芬交響曲》全集黑膠唱片，德國ＥＭＩ公司的數位化版本（ＤＭＭ），版質甚佳，僅第七號略有刮痕，當時我對數位化版本不甚喜歡，不意後來卻再也找不到這個錄音的黑膠唱片，只好聽著一位朋友輾轉售我的貝多芬《第九號交響曲．合唱》，一九五一年福特萬格勒解除戰犯音樂監首度在拜魯特音樂節指揮演出的黑膠唱片，聊以解饞。沒有買的唱片多得數不清，只好把缺憾還諸天地。

聽音樂殆屬怡情養性，沒有買的唱片最多若有憾焉，還不至於要人命，反正我這個人面團團若富家翁，多聽幾張唱片也改變不了氣質，初不必斤斤在意，但做研究的書不在手邊，可就常常爲了三條注而跑斷腿。

我的研究範圍是近、現代中國史學，斷限約爲清中葉到一九四九年，其中晚清的邊疆史地、外國史地和歷史地理尤爲重心，有一套《小方壺齋輿地叢鈔》，是我研究上必備的書，當年做研究生的時候，教育部每個月所發的救濟金（獎助學金）僅得兩千元，要買一套兩萬多元的書談何容易？等到謀得教職，託友人代購此書時，出版社告知書已售罄，且不會再版。於是要用到《小方壺齋輿地叢鈔》時，只好到圖書館借，前後也不知借了多少回。每次研究助理看到我列出的書單有《小方壺齋輿地叢鈔》時就對我傻笑，怎麼老闆又借這套書？他們怎知當年窮研究生的我，眞的買不起這套書。我因爲研究疑古思想，崔述是其中的重要史家，我手邊有一套台灣世界書局翻印的亞東版《崔東壁遺書》，是當年顧頡剛、洪業等人訪崔述故里所得稿本整理出版的。有一回在台大附近專賣大陸書的書店，看到上海古籍出版社一九八三年的新校訂本，書前有王熙華代顧頡剛執筆的序，書後附有索引，紙張、印刷均佳。當時心裡想手邊已有用慣的舊版，是否有必要再買一次，於是左右躑躅，並未購下。回家之後，翻閱家中所藏，覺得新整理本有許多舊本缺漏之處，乃思重返書店購回。可能當時諸事雜沓，隔數日始前往書店，書已爲他人購去，鴻飛冥冥。此書縈繞腦海數年，每次要引述崔述著作時，就擔心舊版或有舛誤，撰寫論文總提心吊膽。

多年以後，一位從事出版工作的老學長以所藏相贈，方始了此缺憾。

當我趁一次到台南演講之便，在一家巷子裡的小音響店找到克倫培勒一九五二年指揮愛樂管弦樂團的貝多芬《第三號交響曲》時，我的心裡眞是感動極了（其價格只有台北所見的一半，這當然也是我感動的原因之一），仔細檢視版質並且試聽之後，決定買下，彌補那年冬天的缺憾，南台灣的陽光顯得特別溫暖。

人生有夢，缺憾實多，有些缺憾多年後或許得以彌補，有些缺憾只好還諸天地。分手的情人早已是別人小孩的媽，沒有買的唱片在別人唱盤上轉出動人的音符，沒有買的書成爲別人著作裡的一條條注腳；人生有憾，理所必然，何若好好收拾心情，努力安身立命。

黑膠唱盤的故事

生命裡有許多故事，有些故事隨風落雲，船過水無痕。有些故事如香象渡河，歷久益新。

這些黑膠唱盤曾伴我走過美好時光，帶給我美麗的音樂風景。

Thorens TD 521 是我第一部比較像樣的唱盤，引領我進入黑膠唱片的美好世界。我對 Thorens TD 521 的感覺就像初戀情人，第一次知道牽手的滋味，第一次知道擁抱的感覺，是我生命裡的美好記憶，如今依舊伴隨著我，爲我歌唱。Thorens TD 521 是我生命永遠的戀人，蘊蓄我的灰心沮喪，歡欣鼓舞，陽光和小雨，都是生命的好情。

我的 Thorens TD 521 唱盤經過大改造，拆掉原裝的甘蔗板底座，換爲花梨木底座，重量約增加三公斤。這個底座是后里洪老闆幫我做的，原始模組是台南合笙音響落腳蔡所設計，我改了腳柱的部分，用木櫃的白鐵把手取代。此外，原廠唱盤上的連接調整螺絲是塑膠，多鎖幾次容易扭曲變形，好友黃思詒兄找人車了鋁合金的；彈簧片座本來也是塑膠，黃思詒兄也找人車了鋁合金的。後來思詒兄又車了銅質唱臂板，亮晶晶的，像金塊般，長寬高分別是 15.5×17×2 公分，重四公斤，掂在手上有點沈。黃銅色的臂板，接了SME 3012R 唱臂，曾經接過許多不同的唱頭，從 mm 到 mc，從 Stereo 到 Mono，是陪伴我最久的唱盤，這部唱盤迄二〇〇九年七月仍在家裡的客廳服役，如果沒有特殊原因，可能會陪伴我到蒙主寵召。

本來我想另外找一部Thorens TD 521 放在研究室，一九九九年陳正雄老師猶在台企行擔任顧問時，我請他幫我找一部二手的，因爲彼時Thorens TD 521 已停產。找了一年多，不見蹤影，二〇〇〇年夏天，陳老師做了黑金石底座的 Garrad 401 傳家唱盤，問我有沒有興趣。我到陳老師家聆聽這部唱盤之後，決定請陳老師幫我做一部，陳老師特別為我找到一部 NOS Garrad 401。當時陳老師也做 Garrad 301 唱盤底座，但我喜歡黑色的 Garrad 401，看起來比白色的 Garrad 301 威猛多了。日本發燒友喜歡 Garrad 301，台灣亦有許多發燒友受日本影響而喜歡 Garrad 301，但我就是喜歡 Garrad 401，特別是 401 的馬達比 301 大，看起來就比較牢靠的樣子。二〇〇一年夏天我又向陳老師訂製了一部 Garrad 401 唱盤，放在研究室。所以我手邊有兩部陳老師做的傳家唱盤，都是黑金石，而且都是 Garrad 401。其後友人為我找到一部 Thorens TD 521，所以我最初的想法是兩部 Garrad 401，兩部 Thorens TD 521，就是我準備聽一輩子的唱盤了。

我因為不想在家裡（或在研究室）當二等公民，所以我的兩套音響完全一樣，喇叭都是 Dynaudio Contour 3.3，前級都是 Klimo Merlin，後級都是 Chord SPM 1200，唱頭放大都是 Ensemble Fonovivo，唱盤是家裡和研究室各一部 Garrad 401，一部 Thorens TD 521。但人算不如天算，後來因種種機緣，唱盤有了新的篇章。

有時音樂對我而言並不是音樂，而是故事。一個個故事，串成我的音樂生活。聲音的好與壞，演奏的精采與否，錄音是否發燒，反而不是那麼重要。

多年以前看到柯逸郎醫師在專欄裡提到他的 Technics sp10，柯醫師說他的 Technics sp10 底座是林宜勝幫他做的。Technics sp10 是直驅盤，爲一九七〇至一九八〇年代日本唱盤風行時期的產品，其中 Technics sp10 可謂是直驅盤的顛峰之作。林宜勝說這輩子只幫柯醫師做一個唱盤，誰用都一樣。後來柯醫師這部盤轉到張典齊醫師手裡，再後來就不知所蹤了。我想，張典齊醫師應該知道這部 Technics sp10 的下落。但我也沒有去費心考據，唱盤不是我的，亦無須多事種芭蕉。印象很深的一段話，是柯醫師說他最後悔的一件事，就是把 Technics sp10 換成 Linn LP 12。我不知道柯醫師的話有幾分可信，閱聽人亦不必以爲我引述這段話是要打擊 Linn LP 12，我大概不至於那麼多事。然而 Technics sp10 卻在我心底留下深刻印象，心心念念要找一部 Technics sp10 唱盤。

二〇〇四年蘇文鈺兄找我設計一部唱盤，我在電腦上看著文鈺兄畫的設計圖，提出一些修正意見，夢想著有一個屬於自己參與規劃製作的唱盤。這部唱盤由成大機械系技工王群育兄負責車製金屬部分，單志淵老師製作木頭部分。眼看著唱盤就要完成了，不意小我一歲的群育兄因肺腺癌轉移而蒙主寵召。其後這部唱盤繼續進行，直到二〇〇七年秋天才在我的研究室唱歌，而重轉盤爲的完成更在二〇〇九年春天，這是另一個黑膠唱盤故事。

二○○六年春天，好友蘇裕峰兄到我的研究室品茗論樂。蘇裕峰兄輔大音樂系畢業，主修聲樂，赴美取得音樂碩士學位，是一位音樂劇素養極高的聲樂家。在聽了我的音響系統之後，蘇裕峰兄說他有一部 Technics sp10 唱盤，問我有沒有興趣？我欣喜若狂，對蘇裕峰兄說當然有興趣。一個禮拜後，蘇裕峰兄將唱盤載來研究室送我。

爲了不姑負蘇裕峰兄的好情，我決定爲 Technics sp10 唱盤做一個好底座。適巧蘇文鈺兄帶單志淵老師載他試作的唱盤來我研究室試聽，談起我要做唱盤底座，於是請單志淵老師幫忙。單志淵老師是樂器製作專家，在臺藝大、南藝大和南華管理學院教傳統樂器製作，是國內少數的古琴專家。我心裡想，左近不過是個唱盤底座，找這麼一位古琴專家來做，會不會太小題大作了點。但蘇文鈺兄和單志淵老師興致勃勃，於是我畫了簡單的草圖，請單志淵老師依圖施工。這是二○○六年春天的事，直到二○○七年五月十三日，單志淵老師終於將唱盤底座送來我的研究室。這個唱盤底座以北美胡桃木爲材料，原本是日本人請單老師製作步槍槍托訂購的木料，剩下一些在工作室。單老師將胡桃木拼成 60×55 的長方形，中間再打四個孔穿過木板，用印度黑檀木貫穿，以破壞胡桃木的共振/諧振。這個原理和製作小提琴時，面板和側板使用不同木材的道理相類。唱盤的四根柱子爲黑檀木，中心以不鏽鋼螺絲貫穿，將上承板的諧振導向下承板，以減低上承板的振動。腳錐和裝飾柱亦爲黑檀木，塗上透明漆，外觀看起來頗爲典雅。

在設計 Technics sp10 唱盤座時，即將唱臂板思考進去。最初的決定是用木頭做盤座，以青銅爲唱臂板。這樣思考的用意是希望將響度較大的木頭，用密度較高的青銅加以收束，獲得較硬朗的聲底，尤其是鋼琴低音響板和小提琴的琴腔共鳴，這兩個部分是我調整唱頭的重要指標。

原本單志淵老師用黑檀替我做的唱臂板，聲音相當不錯，我大約使用了兩個月，各方面表現均甚佳，但因響度太大（木質盤座、木質唱臂座），鋼琴的低音響板有時會轟然作響，造成解析略顯不足，以及鋼琴的舞臺線拉不出來，於是請友人黃思詒兄爲我另行製作兩個青銅唱臂板。

青銅唱臂板的直徑爲100 mm，中間挖一個 75 mm 長，31 mm 寬的橢圓形溝槽；75 mm 長的橢圓形溝槽是給ＳＭＥ唱臂用的，但其寬度只需 28 mm，做成 31 mm 是考慮 Ikeda 唱臂需要一個 30 mm 的圓孔，開成 31 mm 是爲了保險一定可以裝得上，而且做成橢圓形溝槽，可以避免 Ikeda 唱臂接別的唱頭時找不到ＡＢ點的困擾。這種通用唱臂板，在長臂和短臂交換時，可以直接鎖在唱臂板上，不必再換唱臂板。如果兩個唱臂板都做成標準形式，Ikeda 唱臂車一個 30 mm 的圓孔，SME車一個 75 mm 長，28 mm 寬的橢圓形溝槽；在使用上會比較不方便。我雖然愛玩，但本質上仍是有點懶。我設計的通用唱臂板，可以九寸和十二寸唱臂都接 Ikeda，也可以兩支唱臂都用SME。

這部 Technics sp10 唱盤在研究室服役了一段時間，後來搬回家裡的客廳繼續爲我唱歌，因爲另一部唱盤的故事開始了。

二〇〇六年八月廿七日，幾個常一起聆樂的朋友起哄，說要成立一個騎車聆樂的社團，於是在樂多日記部落格成立黑輪社，就此開張營業。黑者，黑膠也；輪者，兩輪也。入社者立誓無黑者補黑，無輪者補輪。

最初是黃思詒兄和做精密機械加工的王先生試做了一個裝 Garrad 401 的銅唱盤座，在開模時未計算好銅板的厚度和四支腳的直徑，唱臂孔位亦不精確，雖然聲音不錯，但看起來不太美觀。黃思詒兄和王先生一直想重新設計，並且找我幫忙規劃外觀和孔位。我們三個人手邊均有數個唱盤，因此亦不是很積極，從二〇〇六年春天一逕兒拖到二〇〇七年夏天。在某個星期五的黑輪社 Men's talk 之夜，宋培弘說想建立一套黑膠系統，要我幫忙規劃。我想用 Garrad 401 爲基礎，做一個銅唱盤座，或許可以獲得不錯的聲音。剛巧王先生做精密金屬加工，有一座頗具規模的工廠（我們戲稱日兵工廠），可以幫忙處理鑄銅的部分。於是幾個臭皮匠湊合著規劃一部銅唱盤座，並以 Garrad 401 爲機體。

自春徂冬，自夏徂秋，經過漫長的等待，王先生終於將銅唱盤座的電腦３Ｄ圖傳給我，我修正了幾個小地方，諸如銅板的厚度，唱臂孔的位置，王先生就開模製作了。

二〇〇七年八月下旬，我們到兵工廠試車，新完工尚未上漆的銅唱盤座芻形已具，我帶了 SME V 唱臂接 van den Hul Grasshopper III 唱頭，黃思詒兄帶了 Ikeda it 407 唱臂接 Audio-technica AT33 MONO 唱頭，兵工廠的喇叭是皇帝。開聲之後，我覺得聲音相當不錯，於是盤座規格定案，正式開模生產。但因爲是朋友間做著玩的，我們統計好數量後，只做朋友們剛好的需求數量，並不對外公開販售。

由於這次製作前先用電腦畫好３Ｄ設計圖，因此在尺寸上極爲精確，銅板的厚度，長寬高的比例，鋼柱的直徑，均仔細設計，看起來頗爲輕巧，塗上黑色烤漆後，乍看之下像一部使用九寸臂的唱盤，實際上是可以接一支九寸臂加一支十二寸臂的雙頭蛇。本來在規劃銅盤座時，我只負責處理銅板的厚度，唱臂孔的位置等瑣事，我因爲已有兩部陳老師傳家唱盤 Garrad 401，兩部 Thorens TD 521，一部 Technics sp10 唱盤，並不想多做一部銅盤座 Garrad 401。但在最後決定生產數量時，想到自己費心費力規劃，卻未訂購一部，不免心有不甘，於是也訂購了一部，這就是銅盤座 Garrad 401 的故事了。

接下來是琴臺唱盤的故事，這個故事太長，長得一些細節我幾乎都快遺忘了，如果不是在過程中曾留下一些斷簡殘篇，我眞的很難完整敘述這部唱盤的故事。

琴臺是成大資科系教授蘇文鈺兄爲我量身訂做的唱盤，歲月漫漫，久遠得我必須查我的手寫筆記，在許多橄欖綠格線筆記本裡，找尋相關記事的蛛絲馬跡。約莫是二〇〇二年春天，文鈺兄第一次從台南到木柵指南山下來看我，我們一起品茗聆樂，相談甚歡，從此成爲好友。二〇〇四年春天，文鈺兄與我魚雁往還，討論自行製作黑膠唱盤。二〇〇七年八月四日，文鈺兄帶來剛完成的唱盤原型機，已是二〇〇四年文鈺兄和我討論製作唱盤的三年多以後。

二〇〇七年八月四日，新唱盤開聲。因著馬達轉動時會發出雜音，加上我用釣魚線打的雙套結太不高明，試聽心情多少受到影響。我向好友黃思詒兄求救，說要去找他的令兄教我打結。黃思詒兄的哥哥是釣具公司老闆，規模在台灣屬一屬二，打釣魚線的結自是如桌上拈柑。黃思詒兄說不用他老哥啦！他教我就行。黃思詒兄教我雙套結打好後，要將多餘的線用美工刀切除（不能用剪刀剪，因爲剪不斷），再用打火機烤一下，一方面使線結更小，再則亦減低線結滑動的可能性。我依其法將傳動的釣魚線（防咬布線）重新打結，效果極佳。新結轉動半小時以後，幾乎完全聽不到線結卡到轉輪的聲音。待諸事就緒，調好唱頭，一開聲，發現整個聲底改變了，原本因稍微過量而造成略顯鬆軟的低頻，密度提高甚多，整個結實起來。許多樂友老愛用鬆軟形容低頻之美善，張繼高先生說低頻要結棍，堅若盤石，信哉斯言。

二〇〇七年八月四日，新唱盤開聲。其後因馬達出狀況（原來的馬達本來就不是這部唱盤要用的），於是另購日本東方無碳刷馬達 AXUM540-A，二〇〇七年十一月廿六日入荷。旋即請王先生爲我製作馬達座、飛輪座、pulley 與飛輪，十二月十一日完成，送來安裝測試。王先生製作的馬達座和飛輪座逾二十公斤，極其穩定，底座下方另製作承盤，用四支螺絲頂住下方的墊子，可調整水平，且增加穩定性。擺定位之後，移動不易，極其穩固。我用兩條防咬線各自掛在 pulley 與飛輪上，兩邊拉力相等，帶動轉盤時，可維持軸承的穩定性。蘇文鈺兄原本的設計是用一條防咬線，分別掛在 pulley 與飛輪上，這樣馬達先帶動的是飛輪，可減低馬達先帶動轉盤的震動。但我爲了增加防咬線與轉盤的接觸面積，選擇使用兩條線以增加扭力，在試聽時並未感到轉盤的震動。

改裝後的琴臺，在我研究室服役了一年五個月，蘇文鈺兄說他的第二代唱盤完工了，取名曰「涅盤」，最大的改變是轉盤。文鈺兄用銅塊車出外部與軸承，電鍍成黑色不反光的外觀，用高壓將塑料壓進塗了矽膠的內部，再精車軸承。這個轉盤有十七公斤，直徑爲 33 cm，較唱片略大（31.5 cm）。

二〇〇九年四月廿五日，蘇文鈺兄將銅轉盤自台南載來台北，送到我研究室。在軸承結構上亦有所改變，軸套是在轉盤上，軸承鎖在唱盤座上。傳統做法是軸套是在唱盤座上，軸承與轉盤一體。蘇文鈺教授和朱師父將我原來的轉盤取下，裝上新的轉盤，但因結構不同，唱盤座鎖上軸承時有些間隙，朱師父向我要了平日練字用的張豐吉波蘿宣，擠進唱盤座與軸承之間，剛好隔開唱盤座與軸承的共震，恰如無心插柳柳成蔭。從二〇〇四年春天和蘇文鈺兄討論自行設計一部黑膠唱盤，到二〇〇九年四月廿五日銅轉盤裝上琴臺，五年之間，春華秋實，琴臺唱盤的故事都快可以寫一部大河小說三部曲了。

雖非過盡千帆，卻也多歷各式黑膠唱盤。從傳統的皮帶傳動式唱盤 Thorens TD 521，惰輪傳動的 Garrad 401，直驅式唱盤 Technics sp 10，蘇文鈺教授設計製作的馬達與盤身分離式唱盤，以釣魚線帶動馬達與飛輪，分離式唱臂塔，可裝各型制唱臂；長年以來，我一直守著傳統支點唱臂。吸膠友稱此類唱臂爲狗搖尾巴，而正切臂則是尾巴搖狗，孰是孰非，各取一瓢而飲。

二〇一二年以後，我的生活重心轉回家裡，聆樂場域從研究室移回家裡。送走客廳沙發，取而代之的是兩百公分長，一百公分寬的書案，讀書、研究、寫字、聆樂、寫稿，都在同一張桌子，乃係窮文士的萬用桌。兩部黑膠唱盤陪伴我，一部是銅盤座 Garrad 401，另一部是台南合笙音響蔡政達兄設計製作的 TS-6500 Cu，鉋銅轉盤和生鐵底座加起來六十五公斤，馬達與轉盤分離，鎖在盤身的唱臂座設計極佳，利用臂座的轉動改變長度，調整循軌角甚是方便，是使用過的唱盤中最愜我心者，故而成爲家中音響系統的主力唱盤，十二寸長臂接立體聲唱頭，九寸短臂接單聲道唱頭，幾乎所有唱頭皆一體適用，無論輕重，是我聆樂良伴。銅盤座 Garrad 401 同樣接一長一短唱臂，配置亦是一立體、一單聲，但和 TS-6500 Cu 相反，十二寸長臂接單聲道唱頭，九寸短臂接立體聲唱頭。

我從來沒有想過自己會歷經這麼多部黑膠唱盤，每一部都陪伴我度過聆樂的美好時光。有朋友說一部唱盤一支唱臂就夠了，弄那麼多唱盤、唱臂、唱頭幹啥？我完全同意弱水三千，獨取一瓢的孤意與執著。而我的唱盤故事，並非一瓢之水，而是人情義理。回首，歲月悠然，千里湮波浩渺，卻是天涼好個秋。

你可能不知道薩堤，但你一定聽過薩堤

周日午後，整脊師傅有事，難得悠閒，於是決定把閒情進行到底。

每個禮拜天，我會到內湖一位整脊師傅那兒調整老骨頭，陳年肩傷和膝蓋退化性關節炎，整一整，維修一下，不可逆的事不必勉強。不能跑步就泅水，不能重訓就騎車，維持身體的運轉，沒有感傷，自在前行。

前一天晚上，我將蒐集了許久的薩堤鋼琴曲唱片全部洗過。說全部有點誇大其詞，有兩位唱片賣家是老朋友，寄唱片時很體貼的幫我洗過，換上內套，宛然如新。我只是把自己原本就有的重新洗過，以及將新買到的二手唱片做一次整理。

法國作曲家向來不是臺灣樂友的主菜，我也不例外，總是德奧曲目聽得多些。部分可能受日本愛樂風氣的影響，部分或許亦是世界潮流，以及個人取向，很難說那個單一因素影響更大些。聆樂是很個人的事，溪流怎麼流，水就往那裡走，不必勉強。

我沒有使用法派音樂而使用法國作曲家，是因爲新世紀初臺灣音樂與音響網路論壇有一小波法派音樂之爭，教主和護法火力四射，我覺殊甚無謂，故爾無意引戰。

談到法國作曲家，薩堤（原名 Éric Alfred Leslie Satie，後改名爲 Erik Satie）還眞說不上是主流派。一般對法國音樂的印象，主要集中於德布西（Achille-Claude Debussy）與拉威爾（Joseph-Maurice Ravel），或者再加上聖桑（Charles Camille Saint-Saëns）。薩堤生存的年代（1866-1925）正值浪漫主義與印象派兩座高峰交織的法國，貝多芬的德奧傳統，後繼者包括浪漫派蕭邦（Frédéric François Chopin）、李斯特（Liszt Ferenc）、華格納（Wilhelm Richard Wagner），以及法國音樂兩位標竿德布西與拉威爾，共同主宰當時的音樂潮流，一如今日愛樂人熟悉的音樂譜系。年輕的薩堤覺得這些音樂形式過於嚴謹，難免矯揉造作，高不可攀。於是聯合作曲家浦朗克（Francis Jean Marcel Poulenc）、米堯

（Darius Milhaud）、奧內格（Arthur Honegger）、奧里克（Georges Auric）、杜列（Louis Durey）、泰奧菲爾（Germaine Tailleferre），呼籲回歸儉樸，崇尚簡約、素雅、自然，吹響法國新音樂的號角。六人後來成爲歷史聞名的 Les Six（六人幫），而薩堤則被推崇爲六人幫之父。

薩堤的創作以鋼琴爲主，而且大都在無鋼琴狀態下的咖啡館完成。據文獻記載，薩堤的親友連聽都沒聽他彈過一次琴，要說怪咖還眞是怪咖。其作品兵分兩路，一路是莫測高深、憂鬱夾雜樂觀的哲學之作，一路是誇張諷刺的搞笑。樂譜的曲名和標示都令人匪疑所思，如〈軟趴趴前奏曲〉（是寫給一隻狗聽的）、〈樹林裡一個胖胖好先生的速寫與媚態〉。標示更是亂七八糟，諸如沒有樂譜小節線，不以曲式術語大聲、漸強，表達情感標注，而注記疑問、打開你的頭、自己動腦筋想，說靠北還眞的很靠北。當看到譜上標記指尖要輕的像一只蛋、要彈得有如一隻患牙痛的夜鷹、燈要亮起來了，演奏者眞不知道要如何詮釋。大概只能各出機杼，愛怎麼彈就怎麼彈。

多年前偶然聽到薩堤的鋼琴音樂，瞬間擄獲我心。於是四處尋尋覓覓，總計收到九張黑膠唱片，其中不乏重複曲目。也許有人會說，串流音樂網路上隨便抓就有呀！幹嘛那麼辛苦，還不一定找得到。有些事情就是這樣，衆裡尋他千百度，無非儀式感的虔敬。

義大利鋼琴家契可里尼（Aldo Ciccolini）是薩堤音樂的推手，在ＥＭＩ錄音的五張唱片，我花了十幾年才收齊，還得靠好友幫忙。當然，我也不是太積極，我聽音樂一向不怎麼拼死以求。隨意說說契可里尼這五張唱片，兩張ＥＭＩ法國三折頁早期版，一張ＥＭＩ法國雙開頁中期版，一張美國 Angle 水藍標，一張美國 Angle 黃昏天使；五張唱片四種版本，簡直比拼裝車還拼裝車。

薩堤的音樂說怪眞怪，說好聽還眞好聽，曾經有一百多部電影用他的音樂當配樂。所以你可能不知道薩堤，但你一定聽過薩堤。

我沒有要寫薩堤鋼琴音樂的論文，有興趣的閱聽人隨手就可以抓到許多，我只是隨手記下聆樂筆記。那種自然、簡約、直指人心的音樂，居然很靠近我。

周日午後，用蓋碗沖一泡包種冬片，悠然聽著薩堤的鋼琴音樂，時而充滿哲學思辨，時而沙龍優雅，甚或搞笑人生。台灣蓋碗冬片，遠方來的音樂，交織爲無可無不可的周日閒情偶拾。

盤帶機傳教士

吳鳴，這輩子你一定要擁有一部盤帶機。

一九九四年春天，張繼高先生在他位於臺北市敦化南路的書房對我說。當時繼老甫自北京歸來，因著肺癌之故，赴中國尋求傳統氣功治療。我則在前一年完成學位，秋天開始乞食講堂。老少愛樂人相約在春日的午後聆樂閒白兒。我不是很瞭解繼老說我這輩子一定要擁有一部盤帶機的用意，雖然繼老書房兼聆聽室盤帶機發出的聲音，是我在音響重播系統所僅見。除了現場，我不曾聽過如此栩栩如生的聲音。二十幾年後，我仍清楚記得卡拉揚（Herbert von Karajan）指揮海頓（Franz Joseph Haydn）《創世紀》（*Die Schöpfung*）的錄音，音樂生動，氣勢恢宏。

想起與張繼高先生的一些因緣，從乞食於編到音樂，故事尋常，時時感念於心。因為甫登講堂，研究教學兩忙，遲遲未處理盤帶機的事。雖然繼老說得很簡單，買一部二手機，換一顆新磁頭就行了。但找誰買盤帶機，找誰換磁頭，我卻茫無頭緒。一九九五年繼老蒙主恩召，盤帶機於是埋藏在我內心深處。

二〇一六年六月四日，Telefunken M15 盤帶機自義大利翩然降臨，接上家裡的音響系統，做些初步調校之後，開始發聲。當吉利爾斯（Emil Gilels）演奏的貝多芬《鋼琴奏鳴曲第廿三號．熱情》傳來，密實的觸鍵，透明的琴音，一時間彷彿來到錄音室現場。本來計畫裡 Telefunken M15 年底才要進駐，因著一些特殊機緣，提早入荷，近花甲之年，偶爾任性一下。

二〇一六年春天我在臉書貼出有關盤帶機的文字，彭興茂學長看到後，給我打了個電話，說要是早些時候找他，一句話搞定。興茂學長是我東海學長，一九七七年我初負笈異地，興茂學長從花蓮帶我走過長長的中部橫貫公路，負笈大度山。彼時興茂學長念中文系三年級，擔任花蓮校友會長，聯合迎新時相約開學同赴東海。興茂學長的堂弟彭興仁是我高一同學，交誼甚篤。在我就讀東海期間，興茂學長一直很照顧我。另一位極照顧我的是莊永欽學長，歷史系高我兩班。永欽學長不僅照顧我，二十八年後繼續照顧念東海生物系的博兒，人世情分，兩代受惠。興茂學長原本念音樂系，主修聲樂，他的聲音眞是迷死人不償命。養了條大狼狗，在校園裡神氣地跑來跑去。興茂學長大學畢業後到中廣工作，留了把大落腮鬍，神氣得很，我乞食於編時互相聯絡過。後來任職歌林唱片公司、福茂唱片，張繼高先生創辦臺北廣播電臺時，爲其左右手，接任副臺長。聽著興茂學長說自己的經歷，我後悔沒有在一九九〇年代找他弄盤帶機，有福茂唱片的工程人員做後盾，我眞的可以啥米攏唔驚。興茂學長告訴我盤帶機的唯一選擇是 Studer A80，可惜我沒聽他的話，二〇一六年三月廿七日先買了 Revox PR99，二〇一六年六月四日 Telefunken M15 自義大利翩然降臨，Studer A80 反倒成爲我盤帶機拼圖的最後一塊，算是好酒沉甕底。

更早以前，一九七一年念國中一年級時，美術老師廖清雲剛轉到壽豐國中任教，組織了一個廣播小組，成員僅得三人，吳麗君、李薇萍和我。用一部手提式盤帶機錄音，訪問學校老師，利用廣播系統傳到全校教室。機器由廖清雲老師操作，可能是他在臺灣藝專念書時學的。廖老師是藝專雕塑科第二屆畢業生，後來成爲著名的雕塑家，二〇一六年春天，年逾古稀的廖老師在花蓮猶開雕塑個展。當年十三歲的我，手拿著麥克風，想必很緊張。我看不到自己進行採訪的樣子，但兩位女同學訪問時，裙子抖個不停。

雖然我不曾操作過盤帶機，但那轉動的盤帶會發出聲音，年少的我感覺眞是奇妙，希望有一天長大了，可以像廖清雲老師那樣操作盤帶機。

四十幾年過去了，我的盤帶機仍然只是心底的一個夢。

歲月隨風飄逝，張繼高先生蒙主恩召已逾二十載，我的盤帶機仍在夢裡沉睡。二〇一六年二月廿一日在吳天泰元宵家庭音樂會（元宵其實是廿二日）結識喻紹發兄，中場休息時談到盤帶機，紹發兄說找一天帶 Nagra IV-S 來家裡讓我試聽。紹發兄是東海化學系學弟，這兩年成立類比盤帶俱樂部（Reel to reel tape club），大力推動盤帶機，號稱臺灣盤帶機教主，手邊有一部 Studer A80，兩部 Telefunken M15A，一部 Nagra IV-S，另有數部盤帶機，族繁不及備載。二〇一六年三月初紹發兄帶著 Nagra IV-S 到家裡來，接上我的音響系統。不到五分鐘，我就說，下單吧！當時義大利正好有一部 Revox PR99 在賣，紹發兄直接用手機向賣家下單。二〇一六年三月廿七日 Revox PR99 寄到，成爲家中音響系統的一員。

我很難解釋自己何以做了廿二年的盤帶機夢，如果說數位訊源是電腦動畫，黑膠唱片是油畫，盤式帶就是一片森林了。我無意爭辯何種載體優秀，我這一輩的愛樂族，有許多曾歷經從黑膠唱片到ＣＤ，再由ＣＤ回到黑膠唱片的歷程，二〇一〇年代以後，部分愛樂族更投入數位流的懷抱，可謂是歷經音響載體的數次革命。如果說音響重播載體有所謂謊言，ＣＤ大概是二十世紀音響重播系統的最大謊言，數位流盛行後，彗星急速殞落。至於SACD和DVD Audio，則是未曾踐履的夢。ＣＤ初登板時，號稱永不磨損，沒有雜音，不會跳針。四十幾年後的今天，很多ＣＤ的訊號已然消失，黑膠唱片仍然健康地唱著。而從訊源的擬眞度來看，ＣＤ接近鮪魚罐頭，黑膠唱片是乾煎鮪魚，盤帶則是鮪魚刺身。

盤帶並非現場重現，而是錄音師爲我們選擇的現場，它在許多地方存在著缺失。譬如轉拷的失眞，磁粉之耗損，保存的麻煩，更嚴重的是訊源取得困難。對愛樂人來說，保存的麻煩和訊源取得困難，是最大致命傷。相對而言，黑膠唱片的耐久度，是各種音樂載體中最佳者，音樂的多樣性亦爲其優勢，而且唱盤造型的藝術性，音色可隨愛樂者喜好而做調整的方便性，在在都是黑膠唱片之強項，而爲盤帶機之短版。

黑膠唱片的弱勢在於訊息量的流失，從刻片開始的ＲＩＡＡ曲線失真；唱頭調整之困難，非高手不可為。唱針的脆弱，斷針、斷線時有所聞。音響重播載體各有短長，ＣＤ拷貝的方便性，空間之節省，乃其強項。黑膠唱片的耐久度，調整者的各出機杼，愛好者可以大扯犢子的趣味，是其優勢。盤帶機操控簡易，細節如排山倒海，尤其聲音的擬眞度，堪稱天下無敵。

盤帶機的維修是個麻煩，我之所以做了廿二年的盤帶夢，遲遲沒有入荷，主要即在機器的維修困難。喻紹發兄笑云，你認識袁大倫和朱師傅還怕啥？想想也是。大倫兄每次遇到我時，老愛說「烙鐵熱著等呢」。彷彿隨時準備幫我焊音響器材。朱師父動輒說「咱家己郎」，好像一丁點兒不怕我送機器過去。但無論如何，有靠山就不怕，何況還有幾位專修盤帶機師傅，雖未識荊，需要時照規矩付費修理就是。

確定盤帶機在我的音響系統可以出聲後，我計畫自己的盤帶機系統為：一部 Revox PR99，一部 Telefunken M15，一部 Studer A80。本來年底才要入荷的 Telefunken M15，因為一些特殊機緣，提早報到。二〇一六年六月四日，Telefunken M15 自義大利翩然降臨，在熟悉的音響器材和空間，發出令我感動的聲音。

上一代盤帶機傳教士張繼高先生開啓我的盤帶夢，新一代盤帶機傳教士喻紹發兄協助我完成廿二年的夢。我希望有機會可以找到卡拉揚指揮海頓《創世紀》的錄音母帶，雖然機會可能很渺茫。

野人食芹而甘，衆裡尋他千百度，驀然回首，那人就在燈火闌珊處。我想借張繼高先生的話，對所有愛樂人說：這輩子你一定要擁有一部盤帶機。

從心上化為在手上的毛筆字書寫

書寫開啓我生命的視窗，一個不經心裡的偶然，寫字成爲我生命裡的重要事物。

孔子說「五十而知天命」，而我的五十歲則是不知道要往哪裡去。事實上，我眞正大惑而特惑的是四十歲，完全違背孔子說的「四十而不惑」。我常常聽到朋友們說，退休後想要學甚麼甚麼甚麼，心裡只有苦笑。退休後能學甚麼呢？退休後就該好好休息了，哪裡需要再去學甚麼！要學就要在還有能力學的時候去學。甚至退休後主要的工作是跑醫院，而非去學啥。

有一些朋友說等小孩長大了，要買一套音響聽音樂。我都勸他們不要做傻事。孩子長大了，自己也過五十歲，五十歲已經聽不到 10k HZ 以上的高音，如何學聽音樂呢？就像一般人四十歲開始老花，還去學甚麼繡花？

在生命歷程中，我曾經將感情交給文學，把理性交給歷史。而我從來不知道自己會停佇在哪裡，研究、書寫、運動、聆樂或其他。猶似逐草而居的游牧民族，哪裡有水草就往哪裡去。

有一天早上練字時，音響傳來李楓老師的古琴演奏。

忽然我的呼吸和古琴聲嚴絲合縫，寫字節奏跟隨著古琴走。這是很少有的現象，我一般寫字時會播放音樂，大部分是西方古典音樂，偶爾也會放幾張爵士樂或流行音樂，有時用心聽，有時只是當背景音樂。在日常生活裡，音樂是我生命的陽光、空氣、花和水。而且我約莫一兩個月才會打開一次ＣＤ唱盤，大部分時候我聽的是黑膠唱片。因爲習慣了，隨手拿張唱片就放，也不太干擾我的工作，不論看書、研究、寫作或練字，音樂總是一逕兒地流瀉著。

秋光侘寂

前些時候因著友人向李楓老師學古琴，送了我這張ＣＤ，我特別啓動很少開機的ＣＤ

唱盤和D/A轉換器，隨意聽著這張《絲桐清音》。初時只是覺得好聽，並未多想，亦就讓音樂在空氣中流轉著。不意那天早上練字時，古琴竟深深打動我的心，最特別的是，我的呼吸竟隨琴音而起伏，連帶我寫字的節奏亦隨樂音而舞動。

隨著古琴練字的感覺，是我未曾經歷的。於是我心裡想著，也許我應該去學古琴，說不定會和我的毛筆字相輔相成。但甫起心動念，我就知道不可能了。花開要著時，對我而言，選擇了毛筆字，勢須放棄古琴。

台灣俗諺有云「花蕊再歹也開一回」，但花開要著時，有些花過了春天就不開，有些花在冬日葳蕤，既已先習毛筆字，古琴只好暫時放棄。我也常常想起十七歲那年，決定以歷史系和哲學系做爲投考大學的志願，於是考大學時志願卡上只有兩個系：歷史和哲學。因著機緣巧合我進入歷史系就讀，四十年過去了，我成爲歷史工作者，哲學已成明日黃花。因爲花開不著時，我從此遠離哲學，而以歷史爲終身志業。對我而言，哲學就是花開不著時罷！

因爲花這麼大的力氣和時間在學寫毛筆字這件事，說大不大，說小不小，硬是花掉我十幾年時間，而且往後還要繼續寫下去，否則肯定不進則退。所以當學古琴的念頭出現時，我就知道這樣的起心動念，根本是花開不著時。

也許人生就是這樣，我們選擇了甚麼，或者甚麼選擇了我們。諸如每天看書，每天運動，每天書寫，這些都成爲我脈管裡奔流的血液。

在學書過程中，初隨文友習字，其後以碑帖、書論爲師。文友寫字握筆很重，我寫字握筆極輕，而且從行書練起，而非如一般習書者從楷書練起。我並非寫字不用力，而是用力的部位不同，我寫字最用力的是肩膀，依序爲手臂、手腕，用力最輕者爲手指。我想這可能和我長年打網球有關，打網球時從腰背旋轉，帶動肩臂揮拍，如果常用手腕轉球拍，極容易受傷。故爾我寫字時，乃習慣以臂使力，帶動手腕，再帶動手指，而手指握筆反而是輕的，扣住而已。

練字時我並非每天從帖的第一頁練起，一般情形是每天開始練字時，從前二日所練新字開始，接著練前一日所習新字，續練今日要練之二十個新字；練完這些字後，再回到帖的開頭部分，一路練到今日新練之字。由於我並非每天從字帖的最前面練起，因此不會造成字帖前面的字練得次數多，後面的字習練次數少的問題。有些人練字時，每次都從字帖最前面練起，常易造成帖子前半部的字比較熟悉，後半帖較陌生的情形，甚而有人練成一頁書，即第一頁寫最熟，後面依次遞降，最後一頁最不熟。

我習毛筆字依行草眞隸篆的順序，與一般人從楷書入手略有所異。從趙孟頫書〈閒居賦〉到李斯〈繹山碑〉，這一趟走下來，約費時五年，差不多可以讀完一個博士學位了。當年讀博士學位前後花四年時間，如果沒有太大失誤或停滯，應可在十年間走一趟行草眞隸篆，這完全超出我起心動念學寫毛筆字的預估。但如果以學習技藝或讀學位的角度來看，是完全合理的。

我習字的順序是先練行書，次練草書；練完草書才回頭練楷書。楷書從率更體入，習歐陽詢〈九成宮醴泉銘〉，約費時十四個月，是我臨最久的帖，超過後來花七個月習孫過庭《書譜》。

二〇〇九年十月習魏碑，從〈鄭羲下碑〉入手，轉〈張猛龍碑〉、〈龍門二十品〉，前後歷時約十個月。〈鄭羲下碑〉和〈張猛龍碑〉是圓筆字，〈龍門二十品〉是方筆字，我的圓筆字比方筆字寫得稍好些，但也只是一般般。其中以〈張猛龍碑〉離我比較近，所以寫來亦較得心應手。我想起年少時讀陳慧劍《弘一大師傳》，弘一法師的字即以〈張猛龍碑〉爲基礎，想來亦是另一種因緣。有些人學弘一法師出家以後的字，因爲未認眞臨習過〈張猛龍碑〉，寫出來的字像一條一條的蚯蚓，看了眞是令人慘不忍睹。

二〇一〇年八月，初習隸書，從〈乙瑛碑〉入手，歷〈張遷碑〉、〈禮器碑〉，至〈曹全碑〉，計費時約六個月。其中〈曹全碑〉寫最久，用力最勤，算是我的隸書本帖。許多習隸書者以〈禮器碑〉爲本帖，蓋此碑堂皇且富變化；而我因心裡住了個小女孩，故爾以少女體隸書〈曹全碑〉爲本帖。

二〇一〇年四月十五日初習篆字，從小篆入手，習李斯〈繹山碑〉，這是我繼草書之後，再一次的考驗。甚麼考驗？就是記字的考驗。篆字是已死的文字，亦即今人不使用的文字，有很多字和今天通行的寫法不同，幾乎每個字都要重新學，而就像胡適說的，「做了過河卒子，只有拼命向前」。

習書期間日課約千字之譜，以當時所習書體爲主，冀期走完行草眞隸篆後，能走出一條自己的書法之路來。

所謂中鋒係指用軟筆寫字時，筆毫行走於筆畫中間，使筆畫的兩邊都光滑無鋸齒。故爾寫字時僅使用筆毫的毫尖十分之一到五分之一處，因此如何用手腕帶動筆尖寫字，是非常重要的。管他鵝頭式握筆或雞爪式握筆，只要能掌握中鋒就能寫好字。趙孟頫曾說，

「字形以時而變，筆法千古不易」；練字主要的就是練筆法，而非字形。字形是可以修正的，筆法要在一開始就弄對。大字動臂、動腕，小字動腕不動指，動指只能描字，動腕才是寫字。

我看到許多毛筆字教學的影片，示範的老師常常用指頭去描字，字描得很像，但這是描字，不是寫字。可是，現代人寫字的愈來愈少，描字的愈來愈多。有些書法班一期三個月就要寫作品，我覺得有點兒可怕。而甚麼是寫作品，無非是一副對聯或三五個大字，這是書法教學很危險的方式。書法本身只是古人寫字的方式，不會寫字如何寫書法？這是我所不能瞭解的事。現在有許多教書法的老師本身不太寫稿，不寫稿表示平常不太寫字，一寫字就是寫書法，如何能將字寫好？如果平常無法寫兩千字的文章，那麼，如何臨三千六百多字的《書譜》？所以，很多書法家只會寫對聯，尤有甚者只會寫大字，愈寫愈大，一筆畫過去用掉兩張四尺全紙，這已經不是寫字，而是表演。我想我還是喜歡把書法回歸到最初的書寫本身，寫一篇文章或給朋友寫一封信，這是魏晉書帖最初的形式，亦是最基本的書法之用。

董其昌說書法要做到「無一筆信筆」，確有幾分道理。雖然董其昌有點愛吹牛，云趙孟頫的寫字技術比他高明，而他則在「氣韻」上略勝。這實在有點兒開頑笑，趙孟頫出生以後的七百多年，有誰的字在氣韻上勝過他？無論如何，趙孟頫總是趙宋官家之後，這種天生的氣質，豈是董其昌之所能及。董其昌的字當然很好，好看易學，所以吸引了很多人。但在我看來，他不及趙孟頫之處正是太俗，氣韻上遠不及趙。

我們今天來看王羲之的字，其高明處即在無一筆信筆，雖然今日所見右軍之字都是摹本、臨本或刻本，但他那乾淨的筆法，無一筆信筆的完成度，可以說是書法的極致。

提到執筆這碼子事，言人人殊，吵起架來，天翻地覆。

但寫字要用筆，用筆得執筆，故爾如何執筆是寫字過不去的坎兒。既然談的是寫字，總不能用武俠小說裡摛花飛葉皆可傷人跳過。談論武功固然可以扯犢子，大言摛花飛葉皆可傷人云云，寫字可不成。

傳統漢文化用軟筆寫字，軟筆寫字和硬筆寫字或有所別，不宜一概而論。但有些觀念可互通，亦非完全你疆我界。

只要一討論執筆法，有些書友馬上搬出蘇軾的「我書意造本無法，點畫信手煩推求」，口沫横飛，筆走龍蛇。黃庭堅說過什麼執筆論，我讀書無多，確然不知。其〈書論學書〉卷云「腕隨己左右」，談的是運筆，非關執筆。

蘇軾說「我書意造本無法」，這個書指寫字，並非論執筆，偷樑換柱可不行。至於蘇軾怎麼執筆，文獻上倒是記載詳確。

因趙宋已普遍流行使用高桌，在高桌寫字和在矮几寫字大有區別。矮几寫字，三指爲便；高桌寫字，五指穩定。三指即單鉤，五指爲雙鉤。東晉人寫字如非倚矮几而書，即左手持紙帛或竹簡，右手書之，單鉤較雙鉤爲便，故爾王羲之寫字爲單鉤執筆，殆無疑義。今人如以東晉士人的方式書寫，我完全贊成單鉤執筆法。

東晉以後五胡越長城入中原，引入胡床。胡床者，高腳椅也。東晉王羲之有袒腹東床的故事，可別把右軍想成腆個大肚子躺在紅燭昏羅帳的床上，那該多不禮貌。再怎麼說王謝亦是晉國貴族，縱使丟掉半壁江山，畢竟是衣冠士族，故史書云王謝半天下，詩曰王謝堂前燕。王羲之家族在東晉掌握軍政大權，他本人亦做過右將軍。所謂袒腹東床的床係指胡床，即今日之高腳椅。在東晉年代，五胡入主中原，胡床尺寸是較大的，可以斜倚著躺在上面。胡床原本是草原民族在帳中議事時，可汗和諸部族領袖坐而論政之用。傳入中原後，既有高椅，則須有高桌相配，故爾漢文化開始出現高桌。正確出現時間雖難以確定，但大概不會早於雷海宗所謂中國文化的第二週期，而以淝水之戰爲分界，此前爲純漢文化的中國，此後爲胡漢融和的中國。

隋唐可能已出現與胡床相配的高桌，但一直到五代十國，這種高桌恐仍非單一獨占之形式存在，而係高桌與矮几並行。趙宋之後，高桌應已普遍風行，成爲士族與庶民的日常。而因高桌的通行，寫字方始出現單鉤、雙鉤之爭議，懸肘、懸腕的討論。

蘇軾因不擅雙鉤懸腕/懸肘寫字，常爲文友所取笑，黃庭堅指其字如「石壓蛤蟆」，蘇軾也毫不客氣說黃庭堅的字如「枯樹掛蛇」。不論「石壓蛤蟆」或「枯樹掛蛇」，主要說的是結體，非關執筆方式。據文獻記載，蘇軾寫字時單鉤、斜筆、枕腕，故爾其字左秀右枯。我們今日看蘇軾留下來的字，確然是左秀右枯，因爲單鉤會形成自然的斜筆，左撇易寫，右捺難使，造成蘇字的特殊風格。如果一個書法愛好者準備一生只寫蘇字，那麼，使用單鉤、斜筆、枕腕，是完全沒問題的。問題在於如果用單鉤、斜筆、枕腕寫黃庭堅或米芾，顯然行不通。

有一回在網路書法論壇討論單鉤與雙鉤執筆，有人認爲單鉤是古法，而且單鉤執筆同樣能成爲大書法家，譬如蘇軾，說得理直氣壯，頭頭是道。說到得意處，甚至指雙鉤非古法，是錯誤的執筆法。我看到這樣的討論，本不在意，甚少參與其中，可能當時這位老兄太過得意，我忍不住回了一句，趙宋之後，除了蘇軾，只要能舉出另一位單鉤執筆的大書法家，我馬上閉嘴。這個討論串就進行不下去了，因爲用高桌寫字後，確然不利單鉤執筆，蓋單鉤執筆會形成六十度的斜筆，以六十度的斜角入紙，還奢談什麼中鋒運筆。

單鉤與雙鉤是討論執筆法的基礎，單鉤係指拇指在內，食指在外，中指在側；即一般我們握鋼筆和沾水筆的方式。故爾硬筆書寫，皆屬單鉤執筆法。雙鉤則是拇指在內往外擫，食、中二指在外往內鉤，無名指的指甲與指肉間向外格筆，因無名指力量較小，須以小指輔助，方能頂住中指的力道。唐人陸希聲用擫押鉤格抵描述五指的作用。拇指彎曲拱起，往外使力，若擫笛然。食指往內，名曰押，中指向內曰勾，無名指往外頂曰格，小指輔助無名指曰抵，或可爲雙鉤執筆最簡明扼要的敘述。在實際操作時，可用握筷子加以調整，抽掉靠近虎口的筷子爲單鉤，抽掉近食指的筷子爲雙鉤。也許有人要說，每個人握筷子的方式不一樣。如果用這種方式抬槓，就不必討論下去了，我說的是一般人正常握筷子的標準方式，個別特殊方式不在討論之列。

單鉤執筆因手部結構之故，會造成六十度傾斜，以毛筆結構而言，鋒尖在筆端中間，單鉤不易找到鋒尖。寫字時筆桿維持八十度到一百度之間，最容易找到筆尖，即所謂中鋒運筆。在高桌上寫字，如果單鉤執筆，必須將手腕往上拱，筆與紙之間才會形成八十度到一百度之間（八十度的反背就是一百度）。而只有在筆桿呈八十度到一百度度之間，比較能以中鋒運筆。所謂中鋒用筆，並非眞的垂直九十度，而是寫出的筆畫，維持兩邊光華就算數。米芾云八面出鋒，即指手上的筆上下左右皆維持靈活使轉。我個人的解讀，只有在運筆時恆常維持八十度到一百度之間，方有可能八面出鋒。

運筆是寫字的重要關鍵，如何運筆，各有其論，衆口難調。基本上運筆可從兩個角度來看，一是筆與載體紙帛間的相對關係，二是運筆時手的細部動作。

從筆與載體紙帛間的相對關係而言，約可分爲墊腕、枕腕、提腕、懸腕、提肘（懸肘、懸臂）。墊腕指寫字時，左手按於書案，右手枕左手背而書，今人有稱枕腕者，然古人云枕腕有另外的意涵，即將右手腕直接枕於紙帛而書，允宜有所區別。爲避免張冠李戴，仍立二名，以明確其指。文獻上云蘇軾寫字單鉤、斜筆、枕腕，其枕腕顯然不會是今日常見之墊腕。試想蘇大鬍子這麼瀟灑不羈的人，怎麼可能把右手腕墊在左手背上寫字。墊腕的出現，應該是近代西力東漸，硬筆傳入清帝國以後之事。特別是取消科舉以後，用毛筆寫字不再是文人的必備能力，而將用軟筆寫字名之曰書法，墊腕而書方始出現。蓋此時之毛筆書寫已漸向藝術靠攏，於是出現所謂書法教學。今日我們稱軟筆寫漢字爲書法，出現的時間其實不會太早，所謂中國書法或中國書法史，其實是用後見之明追溯軟筆寫漢字而給予的稱謂。而中國概念的建構甚晚，應不會早於一八九〇年代。

明清時代有臂擱，以竹、木或陶瓷製成，右臂擱於其上寫字，惟非常格。至少在科舉時代，帶臂擱進考棚大概是不允許的，而明、清讀書人寫字，大部分是爲應付科舉考試，故爾考棚不准用的東西，很難說是文房日常用品。降至今日，部分所謂書法家以墊腕方式運筆寫字，似乎已見怪不怪。田英章、田蘊章兄弟的書法教學影片，可能是中國當代最著名者，兩位書法家皆以墊腕方式運筆，影響極爲深遠，造成中國許多書法愛好者以墊腕方式寫字。就書法教學而言，田英章、田蘊章兄弟貢獻厥偉，但亦流毒無窮。甚至我遇到一些中國的美術學院學生，亦以此法寫字或畫水墨，老覺著怪。試想，當我們將右手腕墊在左手背上寫字，腕已經固定死了，如何能靈活使轉。雖然總有人要解釋他墊腕寫字只是輕枕，但枕就是枕，那還分啥輕枕、重枕。鄧散木在《如何臨帖》中提及此運筆方式，認爲初學者爲使手腕穩定，可暫時墊腕而書，待熟練後即應將左手抽出。沈尹默則直接說，

「至有主張以左手墊在右腕下寫字，叫做枕腕，那妨礙更大，不可採用。」（〈書法漫談〉，收入《沈尹默講授書法》，頁二一）。《沈尹默講授書法》和鄧散木《如何臨帖》屬常見之書，這些意見隨處可見，有興趣的讀者，請自行參閱，此處不贅。

部分書友墊腕寫字，不論單鉤或雙鉤，均已形成六十度傾斜，侈論中鋒用筆。趙宋蘇軾單鉤、枕腕，係指手腕直接枕在紙上，而非今人將右手腕墊在左手背上，故爾今人將墊腕美其名曰枕腕，實乃指鹿爲馬。

既然墊腕寫字不可取，何以這麼多人繼續使用，在我看來，無非習慣使然。因爲沒有勇氣砍掉重練，於是繼續使用有礙書寫的墊腕式運筆。

枕腕顧名思義，係將右手腕枕於紙帛上書寫，雖然說不上壞，但也沒什麼好。想想看，右手腕枕在紙帛上，如何能靈活使轉，此屬常識問題，無庸多言。

提腕是最低限度的懸腕，因爲初學者腕懸不起來，將手腕稍提離紙帛而書。這是鄧散木《如何臨帖》的說法，但他也強調，等手穩定後仍應慢慢調整爲懸腕。

懸腕和懸肘有時合體，有時分而論之，就手部結構而言，分開討論或許比較洽當。所謂懸腕係指手肘靠於案上，手腕離案而書。因手肘倚案爲支點，活動範圍仍受一定程度之限制，故爾無法大開大闔，寫兩寸以下之字沒問題，再大些可能就捉襟見肘了。沈尹默〈書法漫談〉云：「前人把懸肘懸腕分開來講，小字只要懸腕，大字才用懸肘，其實，肘不懸起，就等於不曾懸腕，因爲肘擱在案上，腕即使懸著，也不能隨己左右的靈活運用，這是不言而喻的事情。」（頁二一）昔時讀沈尹默這段文字，一晌心驚，從此寫四五分到五六寸大的字，均懸肘書之。我並不認爲沈尹默的觀點是唯一選項，每個人的手部肌肉有別，不必人人皆懸肘作書，枕腕，提腕，懸腕，懸肘，均可爲選項。至於墊腕作書，我個人認爲是筆與紙帛相對關係中最不可取者。有一回走訪某書法班，見全班同學皆墊腕作書，我只能苦笑。如果你想練字，請愼選老師，當你看到教室裡所有同學皆墊腕而書時，我只有一個忠告：轉身就走。因爲墊腕而書是沒救的，不論輕墊、重墊，墊腕就是墊腕，毋須強作解人。

運筆涉及筆與紙帛的相對關係，以及手部的運作方式。筆與紙帛的相對關係略如前述，手部運作方式大別有三，即運指、運腕與運肘（臂）。

運指又名捻管，作書時以指頭動作爲主，筆桿在指間旋轉，字的結體主要靠指頭完成。當代書家中，孫曉雲爲運指派代表，目睹其作書，筆在手上滴溜溜地轉，煞是有趣。

孫曉雲的字寫得如何？當然好，他是我所知的當代小行書第一把手。乾隆皇帝寵臣劉墉（即電視劇中的劉羅鍋），小楷極佳，是大清國捻管派的代表。據文獻所載，有一回訪客求字，劉墉捻管作書，寫著寫著，筆都轉飛出去了。

運腕派代表要屬沈尹默，在〈書法漫談〉運筆章節，沈尹默逕以「運腕」爲名，可見其主張。沈尹默引蘇軾記歐陽修論把筆云：「歐陽文忠公謂予當使腕運而指不知，此語最妙。」（頁二一）、沈尹默雖主張懸肘作書，惟使力在運腕，強調筆筆中鋒。寫字是否須筆筆中鋒，言人人殊，其弟子周慧珺即認爲筆筆中鋒是很難做到的。而歷代書家中，眞正做到筆筆中鋒的可能只有顏眞卿，王羲之寫字則是中側鋒並用，而非純取中鋒。

祝嘉是運肘派的代表，作書皆懸肘，崇尚周秦漢魏六朝風骨，力倡懸臂中鋒，全身力到。祝嘉主張習字之始即當懸臂而書，以避免枕腕作書之依賴。習書愼其始，其後乃可邁向康莊之路。

懸肘作書仍須垂肩，而不能聳肩。啓功認爲懸肘會造成聳肩，肘腕指俱僵，導致寫不成字，似乎有點兒誤解。鄧散木在《如何臨帖》提到寫字時右手臂儘量往外展，即可平肘作書。懸肘作書，殆即類此，以水平空間換取垂直空間，懸肘時即不會造成聳肩。但我並不同意鄧散木所論，寫字時右手臂要儘量往外展，蓋過度往外展時易造成回腕，可能會掉進清人何紹基回腕法的陷阱，即啓功所稱的「豬蹄法」。何紹基的回腕法，可能誤讀了腕隨己回旋之意，但這僅屬個人之揣測，缺乏考據信度。

在運筆方面，鄧散木比較循序漸進，從枕腕，提腕，懸腕到懸肘，均有所論略。至於老好人啓功則不改其一貫主張，認爲寫字怎麼舒服怎麼寫。

緣於個人手部肌肉之故，我比較傾向懸肘、運腕，十公分（即三四寸）以上的字，必須運肘；三公分（一寸）以下之字，偶或運指；但整體仍以運腕爲主。在我有限的球拍運動經驗中，我覺得運腕速度最快，無論乒乓球、羽球或網球，抽球和扣殺時，腕部的動作均極重要，蓋因手腕的運動迴旋速度最快，寫字亦然。有人主張寫字宜慢，我倒不這麼認爲，不能快，焉有慢？快慢本來就是相對的概念，今人以軟筆寫字爲藝術，古人可是拿來實用的。試想在科舉時代，進入考棚，時間極爲緊湊，豈容你慢吞吞折騰。大清國軍機章京擬稿，必須是筆走如飛，否則處理不了公文。

有書友主張作小字不須懸肘，言之鑿鑿，似乎煞有介事，在我看來無非文飾而已。不須懸肘與不能懸肘是兩回事，如果一個人可以自在從容懸肘作小字，那麼，此人自可云作小字不須懸肘。如果無法懸肘自在作小字，不會懸肘作小字，不能懸肘作小字，而大言炎炎曰「作小字不須懸肘」，是缺乏說服力的。我並不主張作小字須懸肘，但我厭惡沒能力懸肘作小字，而美其名曰「作小字不須懸肘」，此乃自欺欺人之談。

我自二〇〇六年七月廿五日隨文友習書，約費時五年。其後盡棄所學，砍掉重練，以碑帖、書論爲師，每日習字不輟，約莫在習字一個月後即日寫千字，十幾年來幾無間斷。說完全沒有間斷是騙人的，有時出門在外未攜筆墨紙硯，偶爾有一兩天沒練字，但從未超過三天。而且這十幾年來，儘量不出門，幾幾乎成爲宅男老翁，不敢說一年寫三百六十五天，寫三百五十天應該是有的。

如何寫字？我借用某政治人物組織大選時的話，加上鄧散木《如何臨帖》所論，擬一對聯曰，「割喉割到斷，臨帖臨到背」。有些同道看我寫字，常驚訝我寫字速度之快。我寫字速度快嗎？也許是，也許不是，我寫字不慢，但是否眞的很快，至少我不曾一天寫過一萬字。據文獻記載，趙孟頫可日書萬字，我沒那個本事。但我寫字絕不慢就是。爲甚麼寫得快？其中重要關鍵是我練過的帖大部分可以背臨。因爲是背臨，省卻看帖時間，故爾可以寫得比看帖練字者快一些。記得初學毛筆字時，讀鄧散木《怎樣臨帖》，略謂臨帖分對臨、背臨，彼時覺得鄧散木說的背臨眞是開頑笑。等到我大部分習過的帖可以背臨時，始知當時的自己眞是看到駱駝當作馬背腫。

除了背臨使我寫字比一般人稍快之外，我蘸墨和寫字的方式，可能也是重要因素。我看到有些人蘸墨的動作，實在是慘不忍睹。如何慘不忍睹？即將整支筆塞進墨碟，在墨碟裡繞呀繞的，把筆肚吸得筆酣墨飽，生怕筆口渴似的。然後再在墨碟邊沿用力刮掉筆肚裡的墨，左刮右刮，刮到地老天荒，還沒有開始動手寫字。筆肚裡的墨確須刮掉，但每一次蘸墨都整支筆塞進墨碟裡，實在沒有必要。我一般只有第一次蘸墨時會將三分之一筆毫浸飽墨液，再在墨碟邊沿刮掉筆肚裡的墨；此後我蘸墨的動作很少超過三個，即筆尖輕點一下墨液，在墨碟邊沿將筆尖弄直（有時一個動作就結束，最多三個），所以我蘸墨極省時間。而再度整理筆的時機，約莫是寫了半小時以後。

另一個重要關鍵是寫字的動作，我很少調整呼吸再寫字，大部分時候筆輕蘸一下墨，移到紙上就寫了。我看到許多人寫字時，大費周章調整呼吸，甚至打一趟拳，再動手寫字，這些準備動作我已經寫完許多字了。

有些朋友知道我寫字常臨帖臨到背，總認為我記性好。我承認自己記性不差，但也不是眞的好到甚麼程度，只是我比較專注。二〇一一年四月十五日始練小篆李斯〈繹山碑〉，小篆眞的很難記，不只字形難記，〈繹山碑〉的文字內容也很難記，我從二〇一一年四月十五日臨〈繹山碑〉，到六月十五日，字形約記得百分之九十，文句約記得百分之七十，原本三天臨一通，一個月後兩天臨一通，一個半月之後，每天臨一通，字約八公分，計二百廿二字；因爲每天臨一通，所以背記的速度稍快。不僅背〈繹山碑〉，所有我臨過的帖，大部分皆可背臨，包括三千六百餘字的孫過庭《書譜》。反正也不急，甚麼時候可以背臨，甚麼時候換帖，長路漫漫，何須亟亟。

我背帖並非全部用腦子記，有時靠手的記憶。所以有些帖我可能無法口誦，但我可以用手寫出來。就我習字的經驗，寫楷書和行書無法背臨是比較沒關係的，練草書、隸書和篆字，背不下來就很難練得下去。我說的不是碑帖的文章內容，而是字本身要背得下來，否則你要寫一首詩或一闋詞，有幾個字不會寫，還得去查書體字典，很難把作品寫好。我們看到許多寫毛筆字的人，臨帖時好像有那麼回事，自運寫作品就露餡兒。主要就是背不住那些字怎麼寫。我必須承認在背草書時吃了很多苦頭，特別是王羲之的《十七帖》，根本像天書，除了一個字一個字背下來，一句一句背下來，一帖一帖背下來，別無他途可循。

亦唯臨帖臨到背，方得臨帖、自運無別，寫作品時才能從心上化爲在手上。

如何寫毛筆字，人人心中一把尺，我相信只要邁開大步，總有一天我們會走到夢想的地方。

記譜與背臨

音響傳來小克萊巴（Calos Kleiber）指揮的貝多芬（Ludwig van Beethoven）《交響曲第四號》（*Symphony No. 4 in B flat major, Op. 60 -1*），一九八二年與巴伐利亞國立交響樂團（Bayerischen Staatsorchester）現場錄音，小克萊巴特別爲這張唱片寫瞭解說。

這是我很喜歡的一次貝多芬《交響曲第四號》，流暢的線條，激越的演奏，引領我到貝多芬的靈魂深處。相較於二十世紀的指揮名家中，小克萊巴屬曲目窄者，但他的每一場演奏，每一次錄音，是如此的深入我心。我第一次注意到背譜指揮，即因看到小克萊巴的

秋光侘寂

音樂會錄影，那麼複雜的交響樂總譜，眞不知他是如何記住的。

後來陸續看到一些背譜指揮者，心裡仍是佩服萬分。就音樂而言，能夠背譜指揮，固有利其表情演繹，雖然這並不意味所有背譜指揮者，都能做出好音樂，但總是一種敬業。而大部分獨奏家，在舞台演出時，亦以背譜爲多，除了李希特（Sviatoslav Teofilovich Richter）晚年視譜演奏之外。獨奏家理當背譜演奏（雖然不是絕對，但看譜演奏亦只是瞄一眼，平常大抵練到能背譜爲度），室內樂一般看譜演奏，但所看之譜主要是其他樂器或聲部，自己的譜一般還是要練到背。

有一回參加吳天泰老師家庭音樂會，除主要演奏曲目之外，做解說時吳天泰老師常隨手彈出範例樂段，令我佩服不已。我問他那些譜是怎麼背下來的，鋼琴譜可是兩排豆芽菜，不像一般樂器只有一排。吳天泰老師告訴我其俄國老師教他先唱，唱熟自然就背下來了。我自己能演奏一點簡單的樂器，不太難的曲子當然可以背下來，太複雜的就敬謝不敏了。吳天泰老師問我如何記得那些歷史事件，我說看多就記下來了，不特別背記。

我常告訴歷史系學生，不要在網路上查到資料就抓下來用，要找到資料後，熟記這些相關材料，離開書房，離開資料，截斷網路，到咖啡館或大樹下去寫作。可惜我的學生不太聽我的話，因爲其他老師告訴他們寫學術論文要先有架構，再塡進資料。我告訴他們用先有架構方式寫出來的論文，連自己都沒興趣看，怎麼會有讀者呢？可惜七十年來的台灣史學訓練，就是長期使用先有架構再塡血肉的書寫方式，使得歷史學愈來愈不爲社會大衆所重視。

書法教學亦類似，書友們臨帖時依稀彷彿，離了帖就懞碴碴，近乎盲人騎瞎馬。一般學書大別爲臨帖與不臨帖兩派，臨帖者依帖而書，照貓畫虎，畫熟了自然內化爲自己身體的一部分。另一派主張不臨帖，反正將來要寫自己的字，何必費事臨帖。但主張不臨帖者，其實比臨帖更難，這派學書者主張先讀帖，讀到熟極而流，能夠背帖，再以己意書之。我的一位書友，原本的座右銘是「書宗二王，畫學宋人」；其後改爲「書宗自己，畫學宋人」，即讀帖讀到背，再以筆書之，我見其作，書畫俱佳，極是難得。在學書歷程，我屬臨帖派，蓋圖其方便法門，先照貓畫虎，至少像不像三分樣。惟亦有書友連帖都不讀，以鈔書練字，書友的說法是讀帖易受帖之影響，他只想寫自己的體，不希望受任何字帖的影響，這當然亦爲可行之道。

初學書時，讀鄧散木《如何臨帖》，略云，初摹，繼臨，依次爲字臨、句臨、頁臨、背臨。我對摹沒啥興趣，直接跳過，從臨帖著手。

鄧散木是當代大書家，與沈尹默齊名，時稱南鄧北沈，兩人專擅有別，但同列民國大書家，應無疑義。鄧散木認爲新帖從摹到背臨，約以一年爲度。初時我對其背臨甚不以爲意，心想：整個帖背下來不是開頑笑嗎？故爾並未經心在意。約一年半後，我忽然能背臨第一個帖，始知自己妄下斷語，對不知道的事預設成見，顯然是有點兒危險的。

近日見有書友討論臨帖與自運，略謂臨帖易，自運難，就學書而言，確然如此。但眞是這樣嗎？或未必盡然。會覺得自運難，恐係緣於臨帖不確實。如果臨帖臨到背，那麼自運和臨帖不就沒差別了嗎？

晚上習書時，寫著寫著，偶然不經心裡，將近日練的黃庭堅三帖背臨寫完，心裡忽地如春風拂過山崗。

二〇一八年四月一日，告別寫了兩年多的米芾日課，轉寫黃庭堅，每天日課將〈花氣薰人帖〉、〈蘇軾寒食帖跋〉、〈松風閣〉鈔一過。初時筆用羊毫細光鋒超長鋒，紙用埔里手工生紙。其間用過中鋒狼毫，後用羊狼兼毫；紙用富陽京放、竹檀（新製）、竹楮（仿永樂大典用紙）、白楮（高麗楮皮）、楮皮、三椏、雁皮，日前入荷溼縣十年楮皮紙，試寫，甚佳。其中較順手的紙包括竹檀、竹楮、白楮、三椏、楮皮，惟平日事多且忙，無暇砑光，否則當更靠近宋人用紙。臺灣澄心堂製硬黃紙，屬加工熟紙，應最適合，但平日習書，似無須如此考究，亦就罷了。

寫字背臨猶似演奏家背譜，屬基本功。但我並不主張人人需背臨，每個人寫字手路有別，不必求同。但當我看到有所謂書法家，批評背臨是江湖把式，我就笑一笑。不願意試背臨（或無法背臨）者批評背臨是江湖把式，不知何所據而云然？背臨亦是一個字一個字慢慢臨寫，一句一句臨寫，一頁一頁臨寫，終而水到渠成，殊非一蹴可即，至少下過苦功。背臨之法，得諸鄧散木《如何臨帖》。背臨不一定字就寫得好，如同背譜指揮或演奏，音樂的詮釋不一定比較高明。但歌劇演唱者非背譜、背詞不可，否則無法登場。雖然爲了保險起見設有提詞人，但譜可是無法提的。我的字一向寫不好，而且我寫軟筆字也沒有什麼目的，更無意成爲所謂書法家，只是要求自己每天做一點兒功課，和我每天泅水相似，從不曾想過要成爲游泳選手，無非生活日常。

我不認爲每日習書一定會進步，但我確定一日不練字就會退步。孫過庭《書譜》云：「蓋有學而不能，未有不學而能者也」。張岱說練熟還生，意指練到熟極而流，方能從心上化爲在手上，再付予還生之氣，以免習氣過重，其敝也油。但如果連熟都談不上，又如何練熟還生？

我的字一向不好看，只是喜歡寫字，每天習書做日課。我也極少曬自己的字，字不好看有啥好曬的？我習書臨帖結體一向不是太準，盡力而爲，但不勉強。

有書友問我，背臨之後會不會忘記。我笑了笑說，當然會忘記。書友問，忘記怎麼辦？我說，那就再練。張彥遠《歷代名畫記》云：「若復不爲無益之事，則安能悅有涯之生！」其斯之謂也。

手稿史料專題，教同學認漢字

二〇二〇年十二月四日，羅家倫國際漢學講座杜正勝院士的第三場系列演講（三）〈海國觀點的世界秩序〉結束後，與王汎森院士閒聊，汎森兄問我，聽說你在政大開閱讀檔案的課，這非常重要，很多年輕歷史學者檔案看不懂，連字都不認識。我跟汎森兄說，不是閱讀檔案，而是手稿史料，前兩節教同學寫行草書，第三節由同學自行選擇手稿文獻，日記、書信或檔案，大家一起讀，每周兩位同學輪流導讀，不認得的字我再幫忙釋讀。

一九七八年春天，就讀東海歷史系大一的我，因著工業工程系二年級學長林名甫的引

秋光侘寂

介，結識彼時就讀台大歷史系二年級的王汎森兄，兩人間維持了四十幾年的友誼。通信四年後倆人始得初見，一九八二年十月二日我從金門返台領第五屆時報散文首獎，汎森兄當時是人間副刊編輯，在頒獎會場初見。我準備投考歷史研究所碩士班時，汎森兄引介同班同學李今芸提供考試資料協助我。我退伍後負笈指南山下，汎森兄入伍，彼此繼續通信問學，迄汎森兄退伍，始得多所過從。四十二年歲月倏忽而逝，如今倆人都已花甲。

轉身與劉錚雲教授打招呼時，錚雲哥亦問起我開設手稿史料課的事，同樣提到年輕一輩史學工作者，多有無法運用檔案治史之事。錚雲哥主持建構中央研究院廿五史全文檢索資料庫，對臺灣史學界數位人文貢獻厥偉。

一門在歷史系大學部和研究所開設的尋常課程，竟蒙兩位兄長垂詢殷殷，煞是慚愧。我在政大歷史系研究部開的「手稿史料專題討論」，主要是訓練同學閱讀手稿史料，這門課接受大學部學生上修。這學期則在大學部開設類似的「手稿史料專題」，這門課是三年一開，如果遇到我休學術假，就可能四年開一次，因此有些歷史系學生可能大學四年遇不到這門課，於是接受他們上修研究所的課。

顧炎武〈答李子德書〉云：「聞之先人，自嘉靖以前，書之鋟本雖不精工，而其所不能通之處，注之曰疑；今之鋟本加精，而疑者不復注，且徑改之矣。以甚精之刻，而行其徑改之文，無怪乎舊本之日微，而新說之愈鑿也。故愚以為讀九經自考文始，考文自知音始。以至諸子百家，亦莫不然。」

被贊譽為三百年來一寅恪的陳寅恪嘗言「讀書須先識字」，識字者，認得字也，看得懂文章的意思也。譬如研究明清以後的歷史，或做臺灣史，使用日記、書信、地契、公文書等文獻，時時而有，不識行草書，很難做研究。研究宋元以前的歷史，古典文獻起碼要讀得懂，閱讀先秦文獻、《史記》、《漢書》，要像看報紙新聞一樣無障礙。做世界史者，外語須與漢語一樣好，非僅學習當代外語，亦須學習古典外語，諸如梵文、中古梵文、古日文、中古英文和拉丁文。

鑒於歷史學研究常會用到手稿史料，而我這一代的歷史學工作者，對辨識行草書並非當行，往往跳過了事。新一代的歷史系、所學生，在養成教育中亦缺乏行草書訓練，因此開設這門「手稿史料專題討論」，讓同學略識行草書。

這是一門三學分的課，前兩小時教同學寫行草書，第三節課每周安排同學輪流自帶手稿史料導讀，其他同學大家一起讀，彼此互助。手稿文獻由同學自行選取，包括日記、書信、序跋或公文書皆可。每個禮拜兩位同學導讀，每人廿五分鐘，課後將導讀史料寫成報告，隔周繳交。報告內容包括手稿作者簡介，出處，一行對一行的釋文，以及所選手稿可供做何種研究，報告須符合芝加哥論文格式（*The Chicago Manual of Style*）。每位同學一學期兩到三篇，視選課人數而定。

第一節課我會給每位同學寫一分書法熱身操，讓同學練字前先熱身，避免指腕僵硬，容易受傷。熱身操仿王羲之《十七帖》文例，內容爲草書，「省足下來書，知小大皆平安也」。不寫熱身操也可以，直接寫阿拉伯數字，234567890，將指腕練柔軟就行。

上課第一段我範寫約四十個字，同學圍觀，沒看清楚的可提出要求，請我重寫。下個禮拜上課時，先一行一行走一遍上周教的內容，同學有不會的字，我再範寫一次。走完上周進度，再寫這周的新進度。範寫結束，我會繞著同學一個一個教，約可教兩輪。因爲要一個一個教，所以選課人數不宜太多，約略十人是我比較應付得過來的，這學期適巧九人選課，在我能承受的範圍，所以還滿開心的。

課程安排約略是前四到五周寫行書，讓學生熟悉毛筆書寫，後十一到十二周寫草書，以免陷入盲人騎瞎馬之窘境。期末考試分兩段，第一段我寫一段草書，同學釋寫爲楷書，第二段給一段電腦打字的文字，同學釋寫爲草書，簡單說就是草釋楷和楷釋草。

昔往歷史學門的養成教育中，訓練學生閱讀手稿史料的方式，主要是讓學生直接閱讀手稿，讀多了自然可以辨識。這種訓練方式的缺點是，換一個人的手稿，就濛叉叉了，一切要重頭開始，因爲每個人的手稿差異甚大，讀懂甲作者的手稿，不一定看得懂乙作者。我的訓練則從根本做起，先學會寫，再閱讀手稿，完成基本訓練後，不論書寫者爲誰，大體可以看懂八、九分，不至於瞎子摸象。

王汎森兄在〈我的書法緣〉中提到他學書法的因緣，略述其學習書法對歷史學研究的幫助云：

> 在我研究歷史學的過程中，得益於書法之處很多。首先，明清以來，尤其是近代的手稿非常多。練習行草的經驗，使我能順利地辨識許多文稿、檔案，而其他不熟悉此道的朋友，就只能倚靠已經整理、點校過的文本作研究，對於未經整理、點校的文稿，只能胡猜亂測、錯誤百出了。而且，事實上有不少號稱名家整理點校的本子，也是因爲整理者行草方面的素養太差而錯誤連連。所以我經常主張歷史系的學生應該適度地上一點書法的課程。另外一個得益之處是讀碑，由於經常臨摹碑帖，

所以對篆隸方面的碑刻，乃至於有異體字的碑刻都比較容易掌握。在這個電腦書寫的時代，人們已經幾乎忘了筆了，更何況是毛筆。但是我想告訴韓國的年輕朋友們，千萬不要把筆——原子筆、鋼筆、毛筆丟掉，「手工的」往往勝過「機器的」，就像手工做的水餃總是比機器的水餃好吃。

我無意藉王汎森兄的文章來爲自已壯膽，乞食講堂開一門尋常的手稿史料課，亦毋須夜半吹口哨，僅係節引汎森兄大文，讓學生們知道我開的課在歷史學研究中多少有點用。

我的課程一向提早一個禮拜考試，期末報告則是最後一堂上課時繳交了事。我非常厭惡學期結束還不繳報告，讓學生拖兩個禮拜再交，甚至下學期開學前繳交。這樣一來整個寒暑假都在寫報告，根本沒時間讀書。我當研究生時，很多老師就是這樣做的，以至於我這一代的歷史學工作者，常常無法如期繳交論文。譬如學術會議要求會議召開前一個月繳交論文，我見過在會議現場帶自己影印好的論文來發，再向主辦單位要影印費的荒唐事。當老師的這個樣子，如何要求同學準時繳交學期報告？我系要求碩、博士論文必須在口試前四個禮拜繳交口試稿，硬是有同學拖稿，再請指導老師說項。尙幸系所務會議決議嚴格執行，斷阻心存僥倖，想偷雞摸狗的同學。

手稿史料期末考，當然要用毛筆寫。大部分修課同學不曾用毛筆考過試，我可顧不得這些，既是手稿史料課，就乖乖寫毛筆。友人聞知我期末考用毛筆作答，警告我小心被蓋布袋。蓋布袋是我高中時代的流行語，意指那些平常吹毛求疵的老師，畢業典禮結束後，會被學生堵路，蓋布袋毒打一頓，尤其教官常是學生蓋布袋的對象。我是沒幹過啦！但傳言甚囂塵上，想必確有其事。

因爲怕被學生蓋布袋，期末考結束後，我會請修課同學吃飯食酒。杯觥交錯間，一笑泯恩仇。

3

文化切片

書海微塵，天寶遺事

孔子說：「吾少也賤，故多能鄙事。」用以描繪我乞食於編的年少往事，還眞有幾分若合符節。

一九八五年五月，我就讀政大歷史系碩士班二年級，剛通過學科考試，準備寫論文。缸中無米，倉中無糧，友人林富士兄在一次談話中提及甫創刊半年的《聯合文學》在徵編輯，我整理了一下履歷寄給發行人張寶琴女士，隔二日寶琴發行人打電話給我，要我去見她。面談之後，寶琴發行人說下禮拜一會跟我聯絡。通常這就是「謝謝再聯絡」的意思，我也沒抱太大希望。面談那天是星期五，不意下禮拜一寶琴發行人竟然眞的打電話來，要我隔天去上班，於是開啓我乞食於編的生涯。

《聯合文學》初創刊時，編輯群主要由《聯合報副刊》編輯支援，眞正專職《聯合文學》的編輯只有簡媜；因爲《聯合報副刊》主任瘂弦同時是《聯合文學》社長兼總編輯，帶著《聯合報副刊》編輯群處理《聯合文學》編務，是順理成章的事。一九八五年五月《聯合文學》第一次徵編輯，與我同時進入編輯部的還有王菲林（介安）。

進入《聯合文學》編輯部後，直接到電腦房學習校對和發稿。校對跟隨《聯合文學》總校對楊老師學，校對有一套標示符號，養成後來我習慣用這套符號校對自己的稿子，以及批改學生報告。發稿塡控制單是電腦排字房朱傳寶主任和陳建勳組長帶我。在電腦房待了一個禮拜之後，我才正式回到編輯部，接手原本由《聯合報副刊》編輯馮曼倫負責的發稿工作。

在《聯合文學》編輯部一年半之後，我因碩士修業期限已到最後，於是向發行人張寶琴請辭，寶琴發行人批了留職半薪，從一九八七年元月一日起，並給了我一個特約編撰的名義。不意原本擔任叢書主任的梅新，接任《中央日報副刊》主編，聯合文學出版社第一批書已箭在弦上，寶琴發行人問我可否承乏其事，於是我用了一個有點奇怪的職稱「特約編撰兼叢書主任」，接手聯合文學出版社業務，包括編輯和發行。

聯合文學出版社叢書分爲兩個系統，中文創作名文叢，外文譯作曰譯叢，各自編號。在討論叢書版型時，我和美術主任黃憲鐘商量，可否不要再讓文學書穿小鞋。蓋因一九七〇到一九八〇年代臺灣文學出版界有所謂五小，即大地、純文學、爾雅、九歌和洪範，書的開本主要爲卅二開，遠景、遠行、遠流的文學書亦爲卅二開；尤有甚者是六十四開，如早期的文星叢刊、商務印書館人人文庫，三民書局三民文庫；而中學、大學教科書和一般書籍則爲廿五開，我認爲這是給文學書穿小鞋。憲鐘兄同意我的看法，於是將聯合文學叢書設計爲廿五開本，以黃色樹皮爲標準色，此即聯文叢書開本和標準色之由來，沿用直到新世紀以後。一九九〇年代以後，台灣愈來愈多出版社的文學書紛紛改爲廿五開，聯文叢書實乃開風氣之先，或可視爲文學書開本的寧靜革命。

聯合文學出版社文叢編號００１爲王禎和《人生歌王》，出版契約是梅新簽的，我接手之後完成排版，印刷，上市。當《人生歌王》看完藍圖即將進廠印刷之際，張寶琴發行人接到楊牧從美國打來的電話，責問爲什麼聯合文學出版社要搶《人生歌王》版權。因爲王禎和、楊牧、葉步榮（洪範書店實際負責人）三人是花蓮中學同學，王禎和的小說集幾乎都在洪範出版，已成默契。寶琴發行人或亦不知江湖規矩，因爲版約是梅新簽的，只能依約行事。我知其事後，心中極感歉疚。蓋因葉步榮哥從小看我長大，家父賺其老太爺葉阿禮之地種稻，且長年爲阿禮伯做工。一般情形是：種稻算家父的，付田租給阿禮伯，種甘蔗算阿禮伯的，阿禮伯付工錢給家父。一九七四年我國三時步榮哥結婚，家父帶我去喝喜酒，那是我第一次和家父出門喝酒，印象裡喝的是黃酒，在鄉下算是很高級的了。家父喝醉了，我騎腳踏車載他回家。

一九八七年六月通過碩士論文口試，故爾我碩士班念了四年才取得學位，許多友人覺得似乎念太久了，實因打工乞食於編之故。丘彥明於是年元月任《聯合文學》總編輯，八月要我回復專職，擔任叢書兼活動主任。在民生報記者黃寤蘭的協助下，主辦過逍遙音樂節和臺大外文系教授與你談文學等系列活動，而我的主要工作仍是負責聯合文學出版社。高行健在臺灣出版的第一本小說集《給我老爺買魚竿》就是在聯文出版的，日本小說家大江健三郎小說《聽雨樹的女人們》在聯文譯叢出版，不敢說是第一本，至少是大江健三郎較早在臺灣出版的小說，但這兩本書當年都賣得不好。二〇〇〇年高行健獲諾貝爾文學獎，《給我老爺買魚竿》一時洛陽紙貴，許多鄉下小書店開了發財車到聯文載書，據云那一年《給我老爺買魚竿》的收入，足夠聯文一整年的澆裹，而我已離開聯合文學出版社十一年。

一九八七年八月，我大學時代的恩師林載爵，在聯合報系送出國赴英國劍橋大學和美國哈佛大學深造三年後，返台擔任聯經出版公司總編輯，找我幫忙協助聯經的部分文學出版事宜。此時聯經擬出版姚一葦教授的戲劇作品，其中《傅青主》版權在遠景沈登恩先生手上。該書已絕版，遠景無意再版，一葦教授到聯合文學編輯部找我幫忙。我直接打電話給沈登恩，軟磨硬求，請登恩先生將版權還給姚一葦教授。沈登恩很爽氣答應了，由遠景出版公司發一封歸還版權的公函。我收到後，打電話請登恩先生簽名蓋章再寄一次，以符合法律程序。登恩先生於是寄來符合法律要項的版權讓與書，解決了姚一葦教授《傅青主》的版權問題。後來姚一葦教授將此事告訴李喬，李喬《寒夜》三部曲版權亦在遠景沈登恩手上，同樣是書已絕版，而遠景無意再版，李喬打電話給我，請我無論如何要幫他這個忙。

姚一葦教授的事我已硬著頭皮找沈登恩先生，李喬的事委實難以啓齒。有一天無意間和陳曉林老師談起此事。一九七八年九月曉林老師和傅佩榮老師到東海大學開歷史哲學課，是歷史系大二必修課，我也在這個班上。一九八七年時，曉林老師擔任聯經出版公司顧問，辦公室在聯合報第三大樓，聯文在六樓，聯經在七樓，往來很方便，走一層樓梯就到。曉林老師說沈登恩先生欠他錢，一些版權讓與書在其手上，直接還給李喬就是，於是李喬《寒夜》三部曲的版權問題乃迎刃而解。一九九三年我返回政大歷史系乞食講堂，有一天接到林太乙先生電話，說她的《林語堂傳》版權在遠景，聽李喬說我幫他取回《寒夜》三部曲版權，問我可否幫忙她拿回《林語堂傳》版權。我靈機一動，或許《林語堂傳》版權也在陳曉林老師手上，於是打電話給曉林老師，果不其然，曉林老師說他直接將《林語堂傳》版權讓與書寄還給林太乙先生就可以了。

另一樁說起來有點啼笑皆非的事，是有關梁實秋先生的佚文結集。有一位大陸文學研究者蒐集了實秋先生未出版的散文交給聯經出版公司，當時實秋教授已仙逝，林載爵老師和我約其夫人韓清菁女士談出版事宜。清菁女士說要吃麥當勞，於是相約在太平洋ＳＯＧＯ百貨復興店附近的麥當勞談出版事宜。清菁女士點了一分漢堡套餐，我和載爵老師點了可樂，邊吃邊談。載爵老師說第一刷版稅先付清，第二刷以後每年結，是否恰當。

清菁女士說：「其他書店出版教授的書，都是直接先給二十萬。」一九八七年的二十萬臺幣可不是小數目，把載爵老師和我嚇得瞠目結舌。等清菁女士吃完，我代表載爵老師跟清菁女士說：「我們回去討論後再跟您聯絡。」匆匆忙忙結完帳，師徒倆忙不迭地逃回辦公室，梁實秋先生佚文集乃無疾而終，而我從此不吃麥當勞。

年少時乞食於編的書海微塵，如今江湖老了那漢子。歲月迢遞，我早已非青青子衿之年少，倒似白頭宮女話天寶遺事。

傅聰改變了我的後半生

二〇二〇年十二月廿九日，媒體報導鋼琴家傅聰因感染武漢新冠肺炎，十二月廿八日於英國倫敦逝世，享年八十六歲。

傅聰有鋼琴詩人之美譽，父親是著名翻譯家、作家傅雷。亂世人若螻蟻，傅雷、朱梅馥夫妻在中國文革初期自殺身亡。傅聰一九三四年出生於上海，一九五五年前往波蘭學習鋼琴，一九五八年移居英國後長住倫敦。十二月廿七日媒體稱傅聰在英國確診感染新冠肺炎，十二月廿九日刊出傅聰已於英國當地時間十二月廿八日去世。

秋光侘寂

二〇〇三年傅聰躲過了 SARS，二〇二〇年卻未能逃過新冠肺炎。二〇〇三年初夏 SARS 肆虐，鋼琴家傅聰剛搭機抵達北京，即因疫情方興被迫取消演奏會，直接折返僑居地倫敦。同樣基於抗煞的防疫考量，日本也拒絕了傅聰飛往東京參加阿根廷鋼琴家阿格麗希（Martha Argerich, 1941-）的音樂節。

傅聰是有故事的人，不論音樂演奏或其他，總能引起話題。傅聰師承李斯特大獎（Franz Liszt Prize）得主梅百器（Mario Paci, 1878-1946），乃翻譯巨擘傅雷之子，曾是小提琴家曼紐因（Yehudi Manuhin, 1916-1999）的女婿，這些豐富的話題，足供人們茶餘飯後之談助。

一九五五年傅聰廿一歲，獲邀參加在華沙舉行的第五屆蕭邦國際鋼琴大賽，獲得第三名和瑪祖卡舞曲獎，蜚聲國際。透過收音機廣播之媒介，讓當時年逾八十歲的諾貝爾文學獎得主德國作家赫曼．赫塞（Hermann Hesse），偶然聽到傅聰演奏的蕭邦音樂。赫塞既興奮又感動，寫了一封〈致一位音樂家〉（An einen Musiker）的公開信，發表於一九六〇年四月八日《新蘇黎世報》（*Neue Zürcher Zeitung*）。赫塞在這封公開信說：「我所聽到的不僅是完美的演奏，而是真正的蕭邦。那是當年華沙與巴黎的蕭邦，海涅（Heinrich

Heine）和年輕的李斯特（Franz Liszt）所處的巴黎。我可以感受到紫羅蘭的清香，馬略卡島（Mallorca）的甘霖，以及藝術沙龍的氣息。樂聲悠揚，高雅脫俗，音樂中韻律的微妙與活力的充盈，全都表現無遺。這眞是一個奇蹟。」

父親傅雷與母親朱梅馥極力栽培傅聰，母親不惜變賣嫁妝爲他置琴，父親爲他狠心嚇阻弟弟習藝。由傅聰胞弟傅敏編纂的《傅雷家書》（一九八一），收錄了百餘封傅雷與朱梅馥夫婦寫給兒子傅聰和兒媳 Zamira Menuhin 的信，自一九五四年至一九六六年期間，家常瑣事，藝術見解，叮嚀期許，無不情眞意切。據云書中每一封信，都由朱梅馥另謄一分存底再寄出。留底與寫給傅敏的信，在文革期間傅雷夫婦相偕服毒、自縊雙亡後，傅敏將之燒爲灰燼避禍。身爲歷史工作者，我推測傅雷與朱梅馥夫婦寫這些書信，本即有供後人閱讀之意，與翁同龢日記、梁啓超書信稿、胡適日記，異曲同工。

傅聰在一段訪談中提到當年父親傅雷的臨別贈言：「做人第一，其次才是做藝術家，再其次才是做音樂家，最後才是做鋼琴家。」這段話傅聰迷應該都耳熟能詳。此外，以漢語詩詞詮釋西方古典音樂，是傅聰備受稱道者。傅聰曾說：「蕭邦音樂的有我之境，之於德布西的無我之境，好比李後主的詞之於王維的詩，各有各的好，難分軒輊。」很能代表傅聰式的音樂詮釋。

我非傅聰樂迷，而且只見過一面，傅聰卻改變了我後半生的命運。

一九八八年聯合文學出版社出版《傅雷家書》正體字版，算是較早獲得正式授權，在台灣出版的大陸出版品。

在那個文青和左青大量閱讀大陸出版品盜版書的年代，研究生們都知道台大附近哪裡可以找到賣大陸盜版書的發財車，以及賣禁書和黨外雜誌的書報攤。

一九七九年美麗島事件後，一九八〇年代黨外雜誌如雨後春筍，警總派人到印刷廠搶雜誌的消息時有所聞，但讀者都知道在哪裡可以買到。一些留在中國的作家，作品一律列為禁書，我們同樣知道哪兒可以找到盜版書。我服役的第二政戰特遣隊一九八三年春天支援警總任務，主要工作即為查禁黨外雜誌。一九八三年四、五月間，隊上部分先遣人員已經北上，駐紮內湖營區（即今日三軍總醫院所在地）。我因四月以後支援中軍團任務，並未待在麗陽駐地，弟兄們北上支援警總任務，事後方知。

所以當隊上先遣人員北上時，我完全不知其事。我從四月七日到軍團報到，五月廿二日回到麗陽駐地，打包行李寄回家，廿五日清晨就退伍了。故爾隊上支援警總任務查禁黨外雜誌，是退伍後才聽說的。好友林世煜哥昔時先後任職康寧祥《八十年代》和許榮淑《深耕雜誌》，我跟世煜哥說，如果我晚半年退伍，咱們就在印刷廠門口搶雜誌了，肯定會被他說嘴一輩子。

一九八七年一月原本擔任《聯合文學》叢書主任的梅新，接任《中央日報副刊》主編，張寶琴發行人要我承乏叢書主任，接手聯合文學出版社業務，包括編輯和發行。一九八八年聯合文學出版社出版《傅雷家書》，適巧傅聰第二次來台舉辦演奏會，寶琴發行人想請傅聰吃飯，要我聯絡。

張寶琴發行人告知我傅聰在國家音樂廳的演奏廳練琴，於是我打電話到俗稱小廳的演奏廳，傅聰接了電話。我表達寶琴發行人想請他吃飯之意，傅聰說兩廳院副主任胡耀恆約好了晚上共進晚餐，分身乏術，要我代向寶琴發行人致歉。昔時兩廳院主任例由教育部長兼任，副主任其實就是兩廳院眞正的當家人。我將情況向寶琴發行人報告，雖未完成任務，但亦算是交差完事。

當天下午張寶琴發行人打電話給我，說跟胡耀恆說好闖席，與傅聰共進晚餐，要我開車接傅聰到力霸大飯店。熟悉台北街道者均知，從忠孝東路四段基隆路口的聯合報第三大樓，到南京東路五段的力霸大飯店，只要十分鐘。但從聯合報第三大樓到國家音樂廳，再折回南京東路五段，可是走了一個V字形，來回須超過一小時。

我約莫五點鐘從聯合文學雜誌社出發，到國家音樂廳接傅聰，再開車往南京東路五段力霸大飯店。傍晚下班時間，路上交通塞得什麼似的，抵達飯店時已然遲到。我將車交給泊車小弟，領著傅聰進餐廳包廂，將客人交給主人胡耀恆和闔席的張寶琴發行人。包廂裡坐了十三、四人，加上主客傅聰，一張特大圓桌塞得滿滿滿。行禮如儀之後，我轉身離開，並未立即向泊車小弟取車，而是在巷弄裡的一家麵攤吃晚餐。

我點了一碗陽春麵沒加滷蛋，慢慢吃將起來。黃昏微雨，麵攤是手推車搭棚，雨滴偶爾會飄進來。吃著細細的麵條，忽覺那碗麵愈吃愈大碗，分不清碗裡的湯到底是雨水還是淚水。

於是我告訴自己，一定要努力找一分沒有考績的工作，別再繼續行走江湖。在媒體工作，不論職位是什麼，無非是幫老闆跑腿。就我當時粗淺的認知，台灣只有一種工作不須被打考績，即公立大專院校教師。蓋公立大專院校沒有考績獎金，故爾不須被打考績。於是我決定重返校園，繼續攻讀博士學位，努力在公立大專院校討碗飯吃。

一九九三年取得歷史學博士學位，幸運謀得教職，從此乞食講堂，遠離被打考績的日子。因著一場偶然的接送，傅聰改變了我的後半生。

台灣的歷史教科書與英雄系譜

每隔一段時間，台灣的歷史課綱和教科書就會被拿出來檢視一次，部分媒體唯恐天下不亂，部分學者見到影子就開槍。

清儒戴震曰「古訓明而後義理明」，法國年鑑學派祖師爺布洛克（Marc Bloch）說「考證不應該只是一項辨證史料真偽的工作，而是教導社會大衆如何免於宣傳和謊言的毒害」。二〇二〇年九月台灣中小學開學，平面媒體和網路再度被歷史教科書洗版，起因於《聯合報》和《中國時報》報導國中八年級歷史教科書沒有三國，部分公知、學者、中學教師和家長，又開始對著影子開槍。

一位學者撰文曰，「不只三國！楊貴妃、安史之亂也消失於課本：可悲的仇中課綱」，文中引述《聯合報》的報導，第一段如下：十二年國教新課綱，繼國中國文教科書蘇東坡「被消失」，屈原也差點被遺棄，國二歷史教科書不只「三國」不見了，連史記、漢書、魏晉南北朝、貞觀之治、安史之亂也統統不見了。大學歷史系教授形容，新課綱國文和歷史兩科是「去中國化的最終產品」；大學國文系教授反諷，文史不分家，應該趁勢開設「補救歷史課程」，應該會有不錯的商機。

報導中提到的幾位學者，有些是舊識，部分為反十二年國教社會領域課綱的老面孔，亦有二〇一五年微調歷史課綱的檢核委員。

學者論事要依據材料，國中歷史教科書有三個版本，不知道這些教授都看過嗎？如果沒有看過，如何可以信口雌黃？學術研究不是強調一手材料嗎？連學術的基本要求都做不到，我真的看不懂到底在罵什麼？至少要提到哪個出版社的歷史教科書，主編是誰，教科書的內容是什麼，再來討論是否合宜。這些教授具備編國文或歷史教科書的資格，如果對目前上市的教科書不滿，可以自己編一本，不是嗎？見到影子就開槍，看了新聞的二手報導就開罵，難道是罵爽的？在學術養成教育中，老師會告訴我們一手（原始）史料的重要性，如果連教科書都沒看到，你罵什麼罵？難道連新聞報導不可靠這麼簡單基本的認知都沒有？你在學校要怎麼教學生。兩家媒體的報導都未提及是哪家出版社的八年級歷史教科書，你們就可以罵到九宵雲外，會不會太可笑！我自己在學校教社會教材教法，手邊有十二年國教社會領域綱要，看過幾種七年級（國一）和十年級（高一）歷史教科書，至於八年級和十一年級的教科書，我要過幾天才拿到，暫時沒有評論。我的判斷是這些公知和教授並沒有讀過市面上的國中八年級歷史教科書，只是看到媒體報導就起乩，我不知道這些人在學校要怎麼教學生。

某位國文系教授喜說「去中國化那你就不要拜關公媽祖」，傳播媒體屢屢報導，網路社群軟體到處流傳，我看了只有苦笑。佛祖、觀世音、耶穌、穆罕默德都不是中國人，難道都不能拜？佛教徒、基督徒和穆斯林怎麼辦？至於最早褒封媽祖爲正神的是宋徽宗，封關公爲正神的是大元國，大元國是蒙古帝國的一部分（大元汗國），和中國眞是沒啥關係。

現在教科書並非部編，不是統編本，所以部分出版社的歷史教科書沒寫到某些內容，授課教師如果覺得不妥，選其他自己覺得妥當的版本就可以了。至於有資格寫教科書的教授們，如果對目前上市的教科書不滿，自己編一本，找家出版社印即可。十二年國教社會領域課綱只列出必須教某些內容，並未限制不能教某些內容，理解相關課綱會很困難嗎？

三國沒有那麼重要，楊貴妃、安史之亂也沒那麼重要，大部分人的三國知識來自羅貫中《三國演義》、日本電腦遊戲和漫畫《三國志》，台灣的國中（初中）歷史教科書，從統編本到一綱多本，從來就沒有三國的章節，只有魏晉南北朝；而且不曾出現關羽、張飛、呂布好嗎？

二〇二一年九月十四日，一段影片在網路社群媒體大量流傳，轉型為網商的知名作家吳淡如在影片中感嘆國中生不知道孫中山是誰，接著大肆推論台灣的歷史教育怎麼了。

自從二〇〇八年訂定的九八高中歷史暫綱以後，台灣的高中歷史課綱有如流行性感冒，每隔一段時間就會發作一次。九八歷史暫綱本擬於二〇〇九年實施，二〇〇八年馬英九總統上任後，教育部長鄭瑞成宣布高中九八暫綱的歷史科和國文科暫停實施，沿用九五課綱，開啓高中歷史課綱的流行性感冒病史。陣仗最大者應為二〇一五年微調課綱，引發高中生占領教育部靜坐抗議事件，而微調課綱事件和三一八太陽花學運可謂是壓垮當時馬英九政權的兩根稻草。

據《中時新聞網》報導，吳淡如的一段影片日前在LINE廣泛流傳，因吳淡如的女兒就讀國一，爲讓小孩有伴，吳淡如爲孩子們開設免費家教班。某天講到勤學故事「囊螢映雪」主角孫康，吳淡如順口說是孫中山的孫，結果學生竟不知道誰是孫中山；詢問他們台灣在日據（學術界標準用法是日治）時期之前是甚麼朝代，孩子竟回答荷蘭時期，而荷蘭時期之前是猿人的石器時代。在影片中吳淡如進一步詢問台灣歷史的順序，發現學生在背誦台灣史的歷代政權時，荷蘭、日本、民國，卻獨缺清朝，認爲民進黨「去中國化的影響眞的很大」，讓學生歷史觀念錯亂。這段錄影不僅在網路群組上大爲流傳，還登上網路媒體、電視新聞，有三十萬人次點閱，可謂流毒無窮。

這類很容易查證的事情，網路社群反覆轉傳的群組，竟然沒有查證就相信。只要打開國小社會課本，每個版本都有完整的台灣史教育。包括大清治台、孫中山數次革命建立民國，均完整提及。辛亥革命雖然發生在中國，但因對台灣發生重大影響，怎麼會沒有教？吳淡如只是遇到學習情況不佳的學生，即放大成是歷史課本的問題。電視媒體、網路媒體亦未經查證而隨風起舞。只要上網查找資料，不難找到實際課綱的內容，或者隨意找一本現行教科書也可以。吳淡如將自己學習狀況不佳的女兒和同學，當成是台灣數十萬中小學生的全體，取樣數根本不足，其謬也大矣！

我非十二年國教課綱委員，但因承乏師培社會教材教法與教學實習課程，每年要教一次社會領域綱要，必須瞭解七十年來台灣社會領域綱要的變化，自己也做過台灣歷史教科書的研究，有興趣的閱聽人或可參考〈台灣的歷史教育與歷史教科書（1945-2000）〉（收在拙作彭明輝《台灣史學的中國纏結》）。

一九八七年解嚴以後，民眾開始質疑歷史課本過度強調中國史而缺乏台灣史，故於一九九七年起國中設置認識台灣課程，包括歷史、地理、社會三篇，但每周僅一節課。二○○○年實施九年一貫課程，八九課綱以後全面減少歷史教育時數，國一爲台灣史、國二爲中國史、國三爲世界史。至於一○八新課綱，國中歷史教育的時數與順序編排接近八九課綱，其中較大差異者爲國二的中國史放在東亞史敘述。

吳淡如驚訝女兒和同學不知道孫中山是誰，並非課綱的問題，而是課本還沒上到那裡。檢視一○八國中社會領綱，對照吳淡如的女兒上國中一年級，目前的教材應該是進行到學習內容指標的A到F，也就是台灣史部分。在台灣史部分，指標E「日本帝國時期的台灣」，接下來是指標F大項「當代台灣」，這部分的確跳過中華民國在中國大陸的奮鬥史，因此國一學生不認識國父孫中山是非常正常的，但國二的現代國家興起就會上到了。

清儒紀昀早已言明史表的重要性，目前國小三家版本社會教科書，康軒於五上第一一四頁、南一於五下課本後附錄、翰林於五上五下皆附年表。而在台灣史編排亦均使用時代順序法，符合史前、荷西、鄭氏、清領、日治、戰後（中華民國）五個階段。吳淡如認爲學生台灣史斷代不清楚的問題，並非去中國化所導致，而是孩子書沒讀好。

二〇二〇年十二年國教上路，藝人徐熙娣質疑課綱去掉三國歷史，並稱自己喜歡武則天，在影片中還唱了電視劇《一代女皇》主題曲，只能說是貽笑方家了。事實眞相是原本的國中歷史教科書就沒有三國，本來就沒有的東西如何刪除，烏龍鬧劇就此落幕。

許多人常將自己腦子裡的歷史，誤放到曾經學過的歷史教科書裡，而未詳加查考。至於自己腦子裡的歷史，則大部分來自電視劇、電腦遊戲或動漫，跟眞正的歷史，常常一丈差九尺。而用電視劇、電腦遊戲或動漫腦補自己當年所學之歷史，是一般人的常態。

我們這一代所熟悉的中國史是國族建構下的產物，將中國歷史建構成統一的有機體，並且將歷史上的國用朝代替，所以大唐國變成唐朝，大清國變成清朝；朝原本是皇帝、君王之意，如大唐太宗朝，大清道光朝；我們以為的歷代各朝是建構的，不信的話，你對大唐人說「中國在唐朝的時候」，他肯定丈二金剛摸不著首腦，根本聽不懂你在說什麼。因為只有大唐，沒有唐朝。

身為曾經的教科書撰寫者、課綱擬訂者、教科書審查者，在一九九〇年代中期到廿一世紀初期，我個人參與過其中的一部分工作，這些工作大部分是被動參與，諸如長輩應承某事，找我襄贊；友人擔負某事，找我助陣；任職單位推薦擔任某項工作等等。而在參與過程中，部分師友因種種緣故，漸行漸遠。我自己在中歲以後，參與教科書的事情漸少，但仍有許多友人獻力其中，為台灣的歷史教育而努力。

歷史教育是形塑民族認同與國家認同的重要手段，大部分國家在形塑其民族認同與國家認同時，歷史教育與歷史教科書所扮演的角色，都是無可取代的。台灣因為現實政治、特殊的時空背景與歷史經驗，在歷史教育與歷史教科書的編寫上，和一般民主國家略有所異，特別在民族精神教育上，歷史課程所扮演的角色尤其重要，因而形成比較特別的歷史課程和教科書。

從一九四五年到二〇二〇年的七十五年間，台灣的歷史教科書曾歷經多次修訂，修訂的因素甚多，有時是因歷史研究的新成果或教育需求，有時則基於現實政治的考量。

台灣的歷史教育上承兩個傳統，一是自晚清以來的歷史教科書，二是日治時期的歷史教科書；而以晚清以來的歷史教科書影響較為巨大。教科書的內容，主要為大中國史觀的本國史，以及歐洲中心論的世界史。台灣史一直要到一九九〇年代以後，方始從大中國史觀的本國史獨立出來。

一九四五年第二次世界大戰結束，台灣歸屬中華民國統治，一方面展開去日本化的教育與宣導，另一方面加強中國化／內地化的政策，不論文宣或教育內容，都以中國化／內地化為依歸，因此，歷史、地理和語文教育成為官方掌控意識形態的重要憑依，尤其歷史教育更是形塑民族精神不可或缺的一環，國家立場的主體性不言可喻。在一九八七年台灣地區解嚴以前，台灣的歷史教科書基本上以中國為主體，在敘述中國歷史時慣常以「我國」稱之，使得學習者在學習歷史的過程中認同「中國」為「我國」，這種現象從一九四五年以來長期維持，直到一九九三年新修訂的國民小學課程標準才稍稍改變。

一九八七年台灣地區宣布解除戒嚴，政治上禁忌消除，文化思想朝多元發展，歷史教育重新思考國家立場主體性的問題，部分學者提出本土歷史的重要性，過去四十幾年來被忽略的台灣史開始浮出檯面，不論在歷史研究或歷史教學上，都開啓了新的思維。

台灣的歷史教育，在用字遣詞上受孔子《春秋》筆法的影響極大，《春秋》記戰爭，有伐、侵、戰、圍、入、滅等不同的寫法；有罪致討曰伐，潛師掠境曰侵，兩軍相接曰戰，環其城邑曰圍，造其國都曰入，毀其社稷曰滅。同樣是記殺人，有殺、誅、弒、殲等不同的寫法，無罪見殺曰殺，有罪當殺曰誅，以下殺上曰弒，不留孑遺曰殲。這是用不同的字，表達不同的歷史情況，即所謂春秋筆法。舉最明顯的例子，如各朝代與邊族的關係，漢國攻打匈奴，寫成漢武帝北伐匈奴；而匈奴則是入侵漢國；類似的情形，蒙古攻打南宋謂之入侵或侵略，這是從征服王朝攻打華夏的角度思考；但蒙古攻打歐洲則名之曰「西征」，如拔都西征。類似的情形，忽必烈攻打日本，名之曰「遠征」或「東征」；而對日抗戰時期，日本攻打中國，謂之侵略。有一段時間，台灣甚至爲日本教科書未使用「侵略」而表達抗議，卻遺忘了自己歷史教科書裡忽必略「遠征」日本的敘述。

在歷史教科書中，有幾個帝國很倒楣，其中最明顯的例子是短國祚王朝，後續者如爲強勢王朝且國祚綿長，短國祚王朝往往被寫得很負面；如秦與隋，卻忽略了秦築長城，區隔遊牧民族與農業民族，影響多麼深遠；隋煬帝開鑿運河，成爲此後中原各帝國的重要經濟動脈。征服王朝入主華夏，亦成爲歷史課本的大黑洞，如大元國和大清國的敘述，基本上即多屬負面，大元國尤其倒楣，幾乎被寫得沒一處好。宋元之際和明清交替的二臣，成爲民族主義史學下的冤魂，至於漢民族所建立的連續小王朝，即所謂前朝、勝朝，則比較沒有二臣問題，如大唐帝國朝中多有隋帝國之大臣，並不會被視爲二臣，秦漢之際亦然。至於元明之際，由征服王朝移轉到漢人帝國，雖有少數二臣，但遠不如宋元、明清之際嚴重。故爾這類撻伐主要來自民族主義史學，而非朝代興衰。運氣很差的還有女性，亡國常常是女性要負責，如妹喜、妲己、褒姒、呂后、武曌、楊玉環、慈禧，都被形塑成紅顏禍水，甚至直指爲禍國殃民。這種充滿男性沙文主義的敘述，在台灣的中國史教科書中俯拾即是。

在歷史教育形塑國家主體性的年代（一九四五－一九八五），台灣的歷史教育基本上架構於兩個主要範疇，即中國史與外國史，雖然一九八〇年代以後，外國史爲世界史所替代，但基本上並沒有太大差異，在小學／國中（初中）／高中各階段的歷史教育，一律以中國史和外國史（世界史）為內容，台灣史則穿插在中國史的明末清初、一八九四年的甲午戰爭前後、一九四五年後的中華民國在台灣。簡單地說，這個時期台灣的歷史教育並沒有獨立/完整的台灣史，這在當今世界各國歷史教育中是比較特殊的，因為很少有國家不教本鄉本土的歷史，但在形塑國家主體性的年代，台灣的歷史教育卻只講授片斷的、少得可憐的台灣史知識。

在形塑國家意識方面，台灣的歷史教學和歷史教科書長久以來扮演了重要角色。問題在於政府當局所要形塑的國家意識是什麼？如所周知，台灣官方的意識形態，最初所要形塑的國家意識是中國，亦即以台灣為中國的代表。這種意識形態不論其現實面如何，在一九九〇年代以前，基本上為政府官方所堅持。歷史教育既為形塑國家意識的一環，那麼，以台灣代表中國，把「中國」歷史當成「我國」歷史，便被視為天經地義。事實上，台灣從一九四五到一九八三年的教科書課程標準，都是以「我國」稱呼「中國」，國家立場的主體性可謂旗幟鮮明。以歷史做為民族、國家、族群或地區認同的基礎由來已久，西方自文藝復興（Renaissance）時期的方言（國語）文學，到啓蒙時代（Enlightenment）近代國家觀念的興起，歷史是形塑國家意識的重要工具，因而在西歐國家，以歷史為國民基礎教育的重要環節，在學校教育中加入「歷史學科」，「歷史」的地位始逐漸突顯。

西歐地區在國家意識興起後，許多國家開始認知到歷史是形塑國家認同的重要工具，除了在大學設立歷史學系和歷史研究所，從事歷史相關領域的研究之外，也在各級學校中講授歷史課程。這種以建立共同「歷史意識」形塑國家主體性的方式，不僅是西歐各國建立其國家意識的工具，也是世界各國所共同採取的模式，台灣的歷史教育亦與此差相彷彿。

問題在於台灣歷史教育所要形塑的國家意識是什麼?在一九九○年代以前，這樣的問題是不存在的，從教育和宣導的內容來看，「中國」顯然是唯一的答案。但這種以現實政治爲考量的方式，在一九八七年臺澎金馬地區解嚴之後，有了急遽的轉變，其中最大的轉變是台灣主體意識的加強。

在近代中國動盪的時代，晚清士人醉心於西方政治、軍事、經濟，以及各種西方學術思想的新說，惟有關西方十九世紀初葉以後所發展的科學派史學，似未曾引起太多注意。一九○二年梁啓超發表〈新史學〉，猛烈抨擊傳統中國史學，掀起極大波瀾；此文同時積極介紹西方史學，雖然以今日的學術眼光來看，不免浮淺誇大，卻打開了西方史學輸入中國之門。從〈新史學〉的內容來看，梁啓超對西方史學已略有認識，或可視爲西方史學引入中國之初旅。

西方史學輸入中國後，引發改編國史運動，章節體的歷史教科書開始出現，加上傳統中國史學的資鑑思想，所編纂的歷史教科書，呈顯以歷史教科書形塑國族主義的意圖。我們看到今文學派的夏曾佑將新史學觀點貫穿於歷史敘述中，藉以形塑以孔子爲中心的文化民族主義，並顯現其變法論的基本觀點；而治學傾向古文學派的曾鯤化和劉師培，在教科書中意圖透過對中國歷史的認知振興國魂，以發揚民族精神，並彰顯以黃帝血緣論爲中心的血緣民族主義。

以孔子爲中心的文化民族主義，結合以黃帝血緣論爲中心的血緣民族主義，成爲近代中國建構國族的重要理論，柳詒徵《中國文化史》和錢穆《國史大綱》，即將文化論與血緣論的民族主義加以結合，此後的中國通史著作，大抵延續類似的國族建構理論；因此在近代中國的國族建構過程中，歷史教科書曾在其中扮演了相當重要的角色。

錢穆在《國史大綱》〈引論中〉舉出中國史學的三個特點：悠久、無間斷、詳密，與柳詒徵《中國文化史．緒論》所說的幅員廣袤、種族複雜、歷史悠久、史籍豐富等特質，論述基調幾如出一轍。由錢穆和柳詒徵的例子，可以瞭解民族主義史學的發展，是透過怎樣的思想模式建構而成。

第二次世界大戰後，台灣由國民政府接管。在國民政府接管台灣之初，爲加強對台灣人民的控制，強化大中華意識，以取代日治時期的「日本化」教育，歷史教育的「中國化」由此而生。

一九四五年以後，台灣的歷史教科書採行國定本政策，這是因爲政府要加強思想與意識形態的控制，國文、歷史、地理和公民等教科書，長久以來均爲「國定本」；而歷史教科書是所有國定本教科書中最被關注的科目，視爲意識形態推廣的標準示範。

由於一八九〇年代改編國史運動初期，晚清面臨嚴重的內憂外患，中學歷史教科書編纂者所建構的英雄系譜主要有兩種，一是欺壓邊疆少數民族者，如衛青、霍去病、班超、李世民、左宗棠；另一爲亡國之臣，如文天祥、史可法。我必須承認從一八九〇年代到一九五〇年代的教科書編纂者極其高明，他們建構了中國的概念，將國族建構發揮得淋漓盡致，以致於迄今台灣的歷史學者仍無法掙脫其藩籬。

許多五、六十歲和我同時代的同輩們，心中的國家與國族概念，皆來自歷史教科書。

我們的國族認同，我們的國家認同，大部分來自從晚清改編國史運動以來的歷史教科書，歷史教科書所建構的英雄系譜，成為我們的典範。我的學術養成教育在此背景下，與大部分這一代的台灣歷史工作者類同。所以，當我們說「中國在唐朝的時候」是如此自然，絲毫不會去想在大唐國時，根本沒有中國歷朝這個概念。我們說「中英鴉片戰爭」，卻遺忘當時存在的是大清國。教科書裡寫「漢武帝北伐匈奴」，「蒙古入侵中國」，被視為理所當然。所謂「中國」攻打他人時用的是「遠征」、「北伐」，他國打「中國」則是侵略。蒙古是一個典型的例子，忽必烈打南宋是侵略，拔都打歐洲為西征，忽必烈打日本是遠征，這些春秋筆法成為歷史教科書的標準用語。台大花亦芬教授寫有關十字軍的討論，指出只有十字軍，沒有十字軍東征，說明過去台灣歷史教育的謬誤。這些都是長久以來歷史教育和歷史解釋的問題，而我們並不經心在意。

台灣的歷史教科書應如何因應時代轉變，重新建構國家民族認同，路途雖然艱辛，遠路不須愁日暮。既已踏出青鞋第一痕，終將堂堂溪水出前村。

生活史的文化觀察

自從一九九三年九月乞食講堂初登板，我教了廿八年歷史系大一必修課「史學導論」。第一次上課我常常會問同學，今天從學校正門上山的請舉手，然後問舉手的同學，從正校門上山，過了渡賢橋，左邊是什麼樹，右邊是什麼樹。接著問從學校後門上山的同學請舉手，然後問舉手的同學，從後校門上山，過校門後，左邊是什麼樹，右邊是什麼樹。大部分同學都答不上來。我會告訴同學，從正校門上山，過了渡賢橋，左邊是杜鵑花，右邊是楓樹，中間有一小段九重葛。從後校門上山，過校門後，左邊是楓樹（槭樹，台灣青楓），右邊是印度黑板樹。

我會告訴學生，歷史並非高文典冊裡的帝王將相，而是在我們生活周遭。如果你連生活周遭的事務都不關心，很難成爲一個好的歷史學者。歷史學並不是在草原裡找一棵大樹，而是在草原裡找出一棵不同的小草。如果草原裡有一棵大樹，這棵大樹不知已被前人砍了多少次，哪輪得到你來砍。

我告訴非天龍國的同學，認識台北的第一步是什麼？不是去看故宮，那是觀光客的事。而是去看忠孝復興站的手扶梯，那麼長的手扶梯代表了天龍國人的好大喜功。你也可以去參觀市議會，看市議員如何表演，如何在公開場合高聲叫罵，甚至拳打腳踢，然後在沒有攝影機的地方微笑握手，這就是台北政治人物的虛矯，看懂這些，你會更快地認識台北。法國年鑑史學開山祖師爺馬克·布洛克（Marc Bloch）講過一段發人深省的話，有一次他和前輩史家皮爾（Henri Pirenne）到瑞典斯德哥爾摩開會，剛抵達當地，皮爾就告訴他要先去看看新建的市政廳，然後對布洛克說：「如果我是古物專家，那我就只要看看骨董，可是我是個歷史學家，因此我更愛生活。」熱愛生活，在布洛克看來是一個史學家不可或缺的氣質。

布洛克曾經很挖苦地說：「一方面，一小撮古物研究者懷著食屍鬼般的喜悅，忙著解開自己死亡的神祇的裏屍布；另一方面，則只有社會學家、經濟學家以及政論家才是活人的研究者。」他自己的研究永遠不是那麼遠離人間煙火。

歷史考證是爲了求歷史的眞相，不應該僅僅只是一件辨正史料眞僞的工具，它實際上應該是公民教育的一部分：教導社會大衆如何免於宣傳與謊言的毒害。考證方法若能普遍推廣，在布洛克看來，該是這門學問最偉大的貢獻之一：爲人類開拓出通往眞理——因此也是公道——的一條坦途。從生活經驗認識歷史，由學術研究體會生命，是布洛克一生的理想，他自己也確實如此實踐。

要學習如何在單調平淡無奇的文字中發現歷史，必須對周遭的生活有感。我常舉飲食爲例，路邊小吃店或阿桑挑擔賣的臭豆腐攤，最常見的是一鍋臭豆腐，一鍋蚵仔大腸麵線。蚵仔麵線是南部海水漁業養殖區的特產，其後擴散到台灣各城鄉。大腸麵線則是台灣各地普遍可見，但現在幾乎各地均已遭蚵仔麵線蠶食鯨吞，合而爲蚵仔大腸麵線。而大腸蚵仔麵線最常見到的是與臭豆腐同在，不論小吃店或路邊攤，即那種小貨車搭了帆布在賣的，或者歐吉桑、歐巴桑挑了擔子在路邊騎樓擺個攤子。臭豆腐最初是寧波特產，其後進入江浙菜系（包括上海菜），即蒸臭豆腐，臺灣的江浙菜館有單點的蒸臭豆腐，很多時候則是老闆送的小菜。臭豆腐傳入台灣後，由蒸改炸，而臭豆腐和大腸蚵仔麵線在同一攤賣，可謂是飲食文化融合的最佳範例，說明台灣庶民飲食如何與中國小吃結合，適巧可以解釋一九四九年中國大批移民帶來原鄉吃食，而與在地飲食結合的生活史。

這種生活裡的文化融合常常在不經意間，並非有誰刻意設計完成或主導，而是歷史的進程如溪流般自然形成。

棒球號稱台灣的國球，奠基於日治時期，看過電影 *Cano* 的人都知道日治時期嘉義農林學校野球隊，如何苦練獲得日本甲子園第二名的故事。因此，台灣的棒球術語以日本外來語和鶴佬話爲主，譬如全壘打是日本外來語 Home Run 的音轉，發音接近鶴佬語，寫成漢字是「紅不讓」。滑球稱斯賴斗，爲日本外來語 Slider 的日語發音，轉爲鶴佬語。在棒球場球員稱指叉球（Split-Finger Fastball、SFF）爲「夾仔」，亦是用鶴佬語發音。看球賽的女性觀衆亦值得觀察，長久以來，看野球的女性比較多台妹，看籃球的多外省妹，這是因爲棒球從日治時代開始，深入台灣人的生活，而籃球初期從軍中開始發展，早期有飛駝、陸光籃球隊，是國家隊的搖籃，故其術語以華語爲主。譬如蓋火鍋（阻攻，英語 Blocked Shot），你用鶴佬語講阻攻或蓋火鍋，都會覺著怪，甚至會噗哧一聲笑出來。不信你用鶴佬語講「林志傑上籃，田壘蓋伊一個火鍋」，聽起來眞的很好笑。近年來中國流行語進入台灣，中國稱 Blocked Shot 爲蓋帽，所以當我們看籃球評論時，縱使寫正體字，我們仍很容易由作者使用蓋火鍋或蓋帽，來辨識作者（或媒體）來自台灣還是中國。在台北市立棒球場未拆除前，中華職棒比賽時，球場外會有賣香腸和黑輪的攤販，但籃球賽就看不到這類攤販，這些都是値得觀察的文化現象。新世紀以後，野球和籃球觀眾出現族群融合，比較沒有太明顯的你疆我界。但球種術語仍維持初時語言，雖然其中亦出現部分語言轉換的現象。

台灣政治反對運動過程中，從一九八〇年代的黨外運動，到一九九〇年代的民進黨，政見發表會現場都可以見到民主香腸，一九八〇年代甚至可以看到賣黨外雜誌的攤子，順道賣政見會錄音帶和黨外歌曲錄音帶，而執政黨選舉政見會則看不到這些東西。二〇一八年韓國瑜競選高雄市長，二〇二〇年韓國瑜競選總統，出現國瑜夜市，有如一九八〇年代黨外政見會的民主香腸。可惜政治彗星轉瞬間隕落，沒有機會觀察後續發展。

文化現象並不在教科書裡，而是在我們生活周遭。友人到日本旅行，住在川箱根溫泉飯店，晚餐時向侍者要湯匙喝湯。女侍者穿著和服，踩著木屐慢悠悠到櫃台取了兩支湯匙回來，問友人要湯匙做什麼，友人說喝湯。女侍者將湯匙收回，說了一句「喝湯不用湯匙的」，轉身慢悠悠送回櫃台，友人講述這段故事時，覺得既好氣又好笑。德川家康幼時當質子，在某次戰役中，約莫十歲的德川家康站著喝完一碗湯，心裡告訴自己：「我可以站著喝完一碗湯了，我長大了，以後要像個男子漢不可以哭。」所以，日本傳統裡喝湯是不用湯匙的。台灣受日本統治影響，老一輩人喝湯不用湯匙，影響到下一代的生活習慣。酒釀湯圓是外省吃食，客家鹹湯圓是本省吃食，故爾吃酒釀湯圓用湯匙，吃客家鹹湯圓用筷子。從喝湯用不用湯匙，約略可以看出是台灣家庭或外省家庭出身，雖然不是絕對，但仍是一個可以觀察的現象。

文化並非只存在於教科書，生活裡的種種現象，常常是文化遞嬗或融合的舞台，仔細觀察或可窺見歷史發展的軌跡。

誰的國語文教育

二〇一七年八月廿四日，台灣文學會舉辦座談會，支持教育部十二年國教課審會國語文分組會刪減文言文篇數的主張，這項名為「支持大幅調整十二年國教國語文課綱」的座談會，表達三項訴求：一、台灣語言教育應大幅調整及強化；二、國文課綱修訂和選文，不應淪為意識形態之爭，當回歸語文場域，面向世界；三、台灣文學界本其專業，期待與中文、華文及語文教育者共同努力。（http://www.storm.mg/article/320648）

二〇一七年八月廿五日，一分名為〈國語文是我們的屋宇：呼籲謹慎審議課綱〉的連署書，表達支持高中國文課綱研修小組的主張，提出四點聲明：

一、白話／文言不應有如此巨大分別，從國語演變史（國語文法、現代漢語史）的發展觀察，國語是二十世紀初以來我們詮釋古典、創作新文學的工具，其中包含新舊、跨地域的語文或文學演變，將古典文學與現代文學一刀兩斷，實則忽略彼此交織的事實。

二、考試引導教學的狀況一時難以改變，推薦選文篇目的作法，實有保護學子學習之必要。然而，爭論中的各版本推薦篇目，未顧及各文類的均衡，應交由熟悉文學的專家集思廣益。

三、文化經典是一國文明素養的重要內涵，如何讓它們自然融入在地的社會環境，讓學生不只藉由它學習語文，更能從中陶鑄審美與想像的能力，宏觀的視野與思想，成爲具有文化素養的現代公民，宜有更爲詳細的規劃。

四、十二年國教的國語文課綱應當泯除中文、臺文、華文領域差異，共同追求自由多元的語文教育，才是最重要的目標。（https://sites.google.com/view/guoyuwen

shiwomendewuyu/%E9%A6%96%E9%A0%81?authuser=3）

這分由六位中央研究院士領銜發起的連署書，發起人包括海內外重量級學者，加上連署者包括作家與高中教師，聲勢浩大。迄二〇一七年九月五日爲止，這項連署已逾四萬餘人參與，其中包括余英時、許倬雲、李壬癸、胡佛、劉炯朗等十七名院士，余光中、白先勇等文學巨擘，以及大學現任或前任校長劉維琪、周行一、黃文樞等人。

二〇一七年九月六日，《文學台灣》雜誌社發表聲明〈支持調降文言文比例，強化台灣新文學教材——對本國語文教育改革的主張〉，支持教育部十二年國教課審會國語文分組會刪減文言文篇數的主張，提出三項訴求：

一、支持調降教科書文言文比例，活化語文的書寫與閱讀。

二、強化台灣文學作品在語文教科書的份量，讓本國國民文化人格的養成與台灣同步，讓本國的國民心靈與台灣這塊土地相連。

三、配合台灣的國家重建，本國語文教育應強化台語、客語和原住民族語的語文素材，並與世界接軌。（http://news.ltn.com.tw/news/life/breakingnews/2185789）

發起人包括鍾肇政、陳芳明、吳晟、廖玉蕙、向陽、鄭炯明等一三五位作家，連署者陸續增加中。

我個人因乞食講堂，承友人厚愛邀我參加〈國語文是我們的屋宇〉連署。又因偶爾寫點文學創作，亦有幾位〈支持調降文言文比例〉作家友人，邀我連署。兩分連署書我均未簽名，蓋因人微言輕，連署與否，殊無影響。本文僅提出個人的一些看法，恐亦卑之無甚高論，不登大雅。

我準備從三個面向討論相關論題：一、閱讀經典和語文教育是兩回事，不宜混為一談。二、中國概念的建構甚晚，文言文實在說不上是中國或中華文化的代表。三、文言文如果真的那麼重要，文言派應使用文言文體論戰，而非白話文。

我並未詳讀論戰雙方的所有文字，隨手舉幾個站不住腳的論述。有一位學者說文言文是寫在竹簡上，故爾必須精要，這豈不是在開頑笑嗎？東漢蔡倫發明造紙，其後的文言文大部分並不寫在竹簡上，而是寫在紙上，這是基本常識好嗎？文言文只是一種文體，跟載體眞的沒有關係。或謂文言文簡潔，白話文囉嗦，這種兩分法實不值一哂。文言有很囉嗦的，白話有很簡潔的，並非如此刀切豆腐兩面光。一位學者說不讀文言文，腦袋會變得空空的。歐美人不讀文言文，難道他們腦袋都空空的？另一位學者詩人強調文言文非常重要，它是幾千年中華文化的載體，延續了老祖先幾千年來的思想、看法和結晶，如果把它拋掉不用，我們就會變成沒有記憶的民族！就我的認知，族群或國族的集體記憶主要來自歷史，而非文言文，族群認同亦然。而中華文化或中國文化之說出現甚晚，並不會早於一八九〇年代，又怎麼會和文言文扯上關係？

高中國文課本要選幾篇文言文，是可以討論商量的事，閱讀經典並不等同於語文教育，動輒把中國文化、中華文化的大帽子搬出來，眞是有點奇怪。經典閱讀／教學固可提升文化品味，人文涵養，但語文教育仍須以大部分人的實用爲考量，而非精英。故爾語文教育包括聽說讀寫，而非長久以來臺灣國語文教育之獨尊閱讀一項。尤有甚者，動輒舉美國人讀莎士比亞爲例，說明並不會因莎士比亞是英國人，就不讀他的作品，未免黔驢技窮。今天縱使在英國，也很少人能用莎士比亞時代的英文寫作，更別提日常用語。我們今天把中國視爲理所當然的存在，而遺忘了今日中國所指涉的歷史年代，當時人並沒有中國這個概念，我們又如何把我們認知的中國強加到他們身上？而且，這次討論的是降低文言文比例，怎麼會出現一堆消滅、廢除文言文的論述，難道連基本的漢文都看不懂！降低不等於消滅或廢除，這是起碼的常識。

語文教育當隨時代，臺灣的語文教育多選幾篇斯土斯民的文章，完全是合理的。長久以來，臺灣的語文教育獨鍾漢語，而完全忽視臺灣鶴佬語、客語和原住民族語，這樣的國語文教育政策難道不需要重新思考嗎？這和去中國化眞的八竿子打不著關係。臺灣各大學的中國語文學系其實是漢語系，如果以中國概念的形成來加以檢驗，中國的國族建構，從「驅逐韃虜，恢復中華」，轉向到五族共和，中國語文學系應包含漢、滿、蒙、回、藏語，而非只有漢語。歐美各國大學所設相關學系大部分以漢學系爲名，部分中國大陸的大學亦有以古典漢語、現代漢語爲系名者，臺灣的大學系所卻以中國語文學系爲主要系名，而中國語文學系又沒有滿、蒙、回、藏語課程，寧不可怪？

我完全同意國語文是我們的屋宇，問題是誰的國語文。長久以來，臺灣的國語文教育悉以漢語爲單一內容，尤以古典漢語爲中心，這是合理的嗎？臺灣的推行國語運動，可以上溯到一九一六年中華民國教育部設立注音字母傳習所，同年八月成立中華民國國語研究會，作爲促進國語運動的總機構。一九四五年以後，這套推行國語運動搬到臺灣。而在中華民國推行國語運動時，臺灣的國語運動是由臺灣總督府所推行的日語運動，及其後之皇民化運動。故爾臺灣經歷了兩次國語運動，一次是日語，一次是漢語（華語）。以今日臺灣的人口結構而言，如果我們同意國語文是我們的屋宇，那麼，在國語文教育中加入臺灣鶴佬語、客語和原住民族語內容，不是很合理的嗎？爲何迄今仍獨鍾漢語，且獨尊古典漢語，平日我們所使用的難道不是現代漢語嗎？而兩個陣營的學者和作家們，其中有許多是故識，只是這回剛巧站在不同邊。

中國的概念建構完成相當晚，不論國族或文化建構，都不會早於一八九〇年代。在一八九〇年代以前，中國並不用來指涉大清國的統治地域。雖然在漢籍文獻可以找到中國這個名詞，但並不具有普遍性。中國概念的形成，包括血緣論和文化論，植基於一八九〇年代及其後數代學者的建構，方始完成今日之中國概念，而其強化則在民國初年，特別是抗戰時期。簡單地說，國族建構歷經數代學者的努力，才完成今日中國大陸和臺灣的中國概念。在一八九〇年代以前，大清國人不會稱自己是中國人（如果有亦是極少數人，而非普遍概念），所以中英鴉片戰爭不存在，中日甲午戰爭也不存在，就歷史事實而言，是清英鴉片戰爭和清日甲午戰爭，因爲打仗的是大清國，簽約的是大清國皇帝。所以當今天我們說，中國在唐朝的時候，彷彿理所當然，但我們可能忘記大唐國人並沒有中國的概念，壓根兒不知道我們說「中國在唐朝的時候」，是什麼意思。類似的情形，咱們跟蘇軾說，你的詩詞是中國文化的代表，蘇大鬍子大概會丈二金剛摸不著首腦。所以，文言派所主張「文言文是中國文化的代表」，是完全說不通的。類似的情形，唐詩、宋詞也很難說是中國文化的代表。如果我們同意中國這個概念是一八九〇年代以後逐漸建構完成者，那麼，一八九〇年代以後的主要文體並非文言文，至少一九二〇年代以後，白話文已經是一般人的常用文體。而高中國文課本選文中，一八九〇年代以後的文言選文似乎很少，或者沒有。

五四時期，反新文化運動的甲寅、學衡派諸君子，在與文學革命派（白話文運動）對抗時，率以文言文進行論戰。這和今日臺灣語文教育主張維持文言文篇數者，完全用白話文進行論戰，有上下床之別。如果文言文眞的那麼好，眞的這麼重要，支持者爲什麼不用文言文體進行論戰，反而使用白話文，這是完全站不住腳的事。就像一位網球選手說羽毛球比網球更好、更重要，不是很奇怪嗎？與《學衡》主編吳宓交好的陳寅恪，一輩子不寫白話文，吳宓、柳詒徵亦是一生都寫文言文。錢鍾書的父親錢基博是反白話文運動的要角，用文言文寫《現代中國文學史》，無論敘寫、論說，均出之以典雅遒古之辭。今日的文言文篇數之爭，如果主張維持文言文比例的學者、作家們，用文言文論戰，我願意無條件支持這項主張。

因爲十二年國教國語文課審會分組會提出降低文言文篇數的意見，引發文言、白話之爭，一時煙硝四起。但就我所知課審會分組會似乎只有建議權，而沒有決定權，最後拍板的應該是二〇一七年九月十日召開的課審大會。二〇一五年歷史科課審會的強度關山，引發歷史教科書課綱微調事件，這回十二年國教高中國文課綱的文言、白話之爭，不知會不會只是吹縐一池春水，因爲最後的決定權操在課審大會手上。

在這次十二年國教國語文普高課綱爭議中，我看到非常奇異的現象，即等號文化的泛濫，運用等號文化之名，偷行粱換杜之實，非僅一般閱聽人如此，部分學者、作家、老師尤爲等號之弄潮兒，使得國語文普高課綱無法理性討論。

等號文化是白話，偷粱換杜是成語，亦可視爲文言，故爾文言和白話並非彼此互斥，堅壁清野。我自己平日書寫，亦是文言、白話交錯，並未明確分野。如果支持課綱加入當代臺灣文學，就表示支持白話文，反對文言文，顯然太過畫分你疆我界，蓋臺灣文學有古典詩詞，中國文學亦有白話。如果寫文章一定要分哪個詞是白話，哪個詞是文言，豈非寸步難行。

這些等號文化包括下列項目：

一、調降文言文比例＝廢除文言文

這次爭議的焦點很清楚，僅止於建議降低課綱文言文比例，從研修小組的百分之四十五至百分之五十五，降為課審會國語文普高分組的百分之三十。我完全無法理解幾位我非常尊敬的學者和文學前輩，何以把降低理解爲廢除、去除、消滅。降低和廢除、去除、消滅的意涵差很遠吧！但媒體和閱聽人卻可以跟著這個錯誤的等號，一路拿香跟拜，完全忽略這根本是乾坤大挪移。

依據十二年國教國語文課審會普高分組成員臺南女中林秀珍老師的說法，所謂文言文百分之四十五至百分之五十五，不包括唐詩、宋詞、元曲等韻文；每冊應選一課文化經典，選材範圍如《詩經》、《楚辭》、《老子》、《莊子》、《墨子》、《荀子》、《韓非子》、《文心雕龍》等，所以也不列屬於百分之四十五至百分之五十五的文言文中；《紅樓夢》、《三國演義》、《水滸傳》、《西遊記》等古典小說同樣不是文言文。如果以上限百分之五十五而言，加上中國文化基本教材，則是百分之六十五；再加上詩詞歌賦、文化經典、白話小說，其總比例可能超過百分之七十五。瞭解研修小組原始方案，方能瞭解何以會有國語文課審會普高分組建議將文言文調降為百分之三十的提案，而這項提案因受到臺文派的支持，而被擴大解讀為廢除文言文。

二、文言文＝中國文化

如果我們同意《尚書》是漢文化的早期文獻（其中當然有後人的僞作），是文言文的一種，那麼，文言文的出現，顯然比中國成爲普遍概念要早兩、三千年。縱使將時間往後延，以唐、宋古文爲文言文，文言文的出現亦較中國（中華）文化早一千年以上。中國和中華之成爲普遍概念，不會早於一八九〇年代，故爾文言文絕不等於中國文化（中華文化）。縱使我們接受文言派所論，中國指涉中國大陸這片土地曾經出現的所有王朝之歷史文化，文言文也不等於中國文化，因爲還有傳統音樂、繪畫、漢醫，以及科技的三大發明，代表傳統文化的物事多了去，怎麼會推論出文言文等於中國文化這樣貧瘠的論點？沒有文言文就等於沒有中華文化，這個等號未免太強大。

許多參與討論者，包括我非常尊重的幾位作家，提出數學也沒有用，那麼我們也不用學數學。這裡出現兩個問題，其一，臺灣的數學教育已經有很大的改革，並非討論者所想像的那樣。其二，有些數學不必放進高中教材裡，譬如高等微積分。關鍵在於是否適度，數學如此，國語文亦然。僅僅是調降文言文所占比例，不必上綱上線到沒有文言文等於沒有中國文化。文言文只是中國文化的一部分，不等於中國文化。何況並沒有人說不學文言文，不是嗎？一碼歸一碼，數學歸數學，語文歸語文。語文是日常生活所用，跟純數學壓根兒是兩回事，雖然部分數學亦爲日常生活所用。

我在歷史系教書，我和學生做研究的材料常爲古典漢語，嘗對研究生說，做歷史研究有幾個困難，一是做世界史，外文不夠好；二是做宋、元以前的歷史，古典漢語不夠好；三是做明清以後的歷史不識字（此處指日記、書牘多爲行草，部分研究生缺乏解讀行草書的能力）。所以，我並不反文言文，因為文言文是我這一行的衣食父母。但吃飯的傢伙是一回事，一般人日常使用的語文是另一回事。

三、增加當代臺灣文學＝去中國化

這次臺文派的連署內容，主要訴求有二：一是降低文言文比例；二是增加當代臺灣文學選文；而這兩項主張，降低文言文比例被扭曲為廢除文言文；增加當代臺灣文學選文被解讀為去中國化。有許多臺灣作家加入文言派〈國語文是我們的屋宇〉連署，他們的作品同樣屬於當代臺灣文學，難道選入他們作品也是去中國化。在高中國文課本選幾篇當代臺灣文學，和去中國化真的沒有直接關連性。尤有甚者，有些學者、作家，舉台灣廟宇的民間信仰關公和媽祖為例，意味關公和媽祖是中國信仰，臺灣人去中國化，連關公和媽祖也不拜了嗎？提其他神祇也就罷了，媽祖適巧是臺灣民間信仰比較有點不一樣的地方。最早褒封媽祖為正神的是宋徽宗，敕封關公為正神的是大元國，大元國是蒙古帝國的一部分（大元汗國），和中國真是沒啥關係。封媽祖為天后，則係滿人所建的大清國皇帝所封，鄭克塽降清，康熙封媽祖為天后，我看不出這和中國有什麼關係。亦有論者謂，廢除文言文，就是去中國化，去中國化連籤詩都讀不懂。事實上，籤詩是漢文化的一部分，漢文化是臺灣文化的一部分，甘中國底事？寺廟有籤詩時，中國還不知在哪裡呢！依這些學者、作家的觀點，美國人豈不是不能信仰上帝，因爲那是猶太人的信仰。

四、增加當代臺灣文學＝臺獨

臺灣的統獨問題深入人心，幾已達杯弓蛇影，臺文派連署書建議增加當代臺灣文學選文，即被解讀爲臺獨，未免太無限上綱，過度推論。許多作家加入文言派〈國語文是我們的屋宇〉連署，莫非他們的作品選進教科書，作者就變成臺獨，莫非余光中、白先勇、張曉風等人的文章選進國文課本，這幾位作家就變成台獨支持者？這個等號會不會太莫名其妙。

五、四項動議案不過半＝原案通過

二〇一七年九月十日的課審大會，由教育部潘文忠部長主持。依據媒體報導，課審會委員出席四十五人，討論四個動議案，依照以下順序投票：（需過半廿三票才通過）。

一、不設文言比例：十三票支持，廿一票反對，十一票棄權。二、文言比例百分之四十至五十：廿一票支持，十四票反對，十票棄權。三、文言比例百分之三十至四十：十五票支持，九票反對，廿一票棄權。四、文言比例百分之三十以下：十六票支持，十三票反對，十六票棄權。

原案「維持文言文比例百分之四十五至五十五」，未討論，也未投票。主席做出決議，因四項動議案都未通過，因此維持原案「文言文比例四十五至五十五」。稍懂議事規則者都看得出來，這項決議明顯違反基本議事規則，怎麼會通過一個未經投票的原案？在課審大會上，主席未經大會委員確認國教院課發會研修小組所提草案是否需修正，就直接對四個動議案進行表決，結果四案票數均未過半，研修小組草案卻跳過表決程序，一字不修原案通過。部分課審委員及外界強烈呼籲教育部補正程序瑕疵，重啓文白比例修正動議，以免爭議擴大。立法委員管碧玲認爲此案違反會議程序，魔鬼藏在細節裡。教育部應該也已注意到會議的程序瑕疵，二〇一七年九月十二日由次長林騰蛟緊急召開內部討論會，針對外界所質疑的課審大會表決程序問題，進一步釐清適法性問題。林騰蛟次長表示，委員如有不同意見，可以在九月廿三日的課審大會中提出討論，對議事表決的質疑或會議紀錄詢問，教育部給予尊重，並將依議事程序進行，爲九月廿三日課審大會埋下可能重新表決的伏筆。

二〇一七年九月十日由教育部潘文忠部長主持的課審大會，可謂是此番國語文普高課綱等號文化的集大成者，研發小組的原案未討論，也未投票，卻因四個動議案均未通過，等於原案「維持文言文比例百分之四十五至五十五」通過，眞是等號文化的極致。

我個人認爲二〇一七年九月十日的決議並非最後定案，如果依此程序有瑕疵的決議執行，潘文忠部長大概就準備掉烏紗帽了。程序瑕疵尚可補救，強度關山的後果恐難預期。

爭議多時的普高國文課綱文言文比例，於二〇一七年九月廿三日召開的課審大會定錘，暫訂爲百分之三十五至四十五，上限是原研修小組的下限，下限較課審會普高分組的百分之三十稍高，殆屬雙方雖不滿意，尚可接受的結果。

我非語文專家，對文言文比例本無定見，而且向來鮮少討論時事問題，中國概念和國族建構歷經長期之積累，中國成爲普遍性概念不會早於一八九〇年代。我當然知道各種漢籍文獻中，有許多中國這個詞語，有謂文化的、民族的、地理的各種意涵，我談的是中國成爲普遍性概念之確立。簡單地說，漢籍文獻何時大量出現以中國爲名的文章，或者更直截地說，到圖書館或網路資料庫去查以中國爲名的書，究竟有幾本書早於一八九〇年代就知道了。

將文言文等於中國文化，文言文等於中華文化，是非常弔詭的。我從不反文言文，我反對的是以文言文爲文化符碼。

十二年國教普高課綱的文言文比例究應如何，本來是可以商量的事，因著文化符碼之過度衍申，因著獵巫文化之無所不用其極，紛紛呶呶。如今暫時一錘定音，設或尚有爭議，亦爲下次課綱的事。符碼文化和獵巫文化，至少或可暫時休兵矣！近年來臺灣的獵巫文化幾近無所不用其極，令人聞之喪膽。幾位在風尖浪頭的友人，忙著在戰場上撿拾破碎的彈片。爲避免無謂紛爭，我在文中儘量略去人名，僅引述觀點。這些觀點可能出自一人，可能出自數人，或者來自集體意見。但如果有人願自動對號入座，無任歡迎。

弱智化的流行語

秋光佗寂

曾幾何時，弱智化的流行語充斥台灣各個角落，媒體、網路、學術界、生活日常，無一倖免。因著網路和社群軟體興起，使得書寫和發表變得非常容易，鍵盤敲一敲，滑鼠按一按，文章就傳出去。甚至不動鍵盤，口說轉成文字，直接當成文章發。於是各種弱智化的流行語滿天飛，療愈、不行、小確幸、亮點、歲月靜好，鋪天蓋地，幾乎無所不在。

我並非指這些流行語弱智化，而係指在使用這些詞語時的行為，未經思考，拿到就用，撿到籃子就是菜。如果經過深思熟慮使用這些詞語，每個人有自己的言論自由，愛怎麼用就怎麼用，誰也管不著。

這幾年恐怕沒有比「歲月靜好」更令我厭惡的句子了，左一句歲月靜好，右一句歲月靜好，到底歲月有多靜好？「願使歲月靜好，現世安穩」，典出胡蘭成與張愛玲的結婚證書，「胡蘭成與張愛玲簽訂終身，結爲夫婦。願使歲月靜好，現世安穩」。前兩句是張愛玲寫的，願使歲月靜好、現世安穩是胡蘭成加上去的。每每在各類媒體看到「歲月靜好」，我就搖搖頭，引用的人到底知不知道這是大漢奸胡蘭成的句子？我猜很多人可能誤以爲是張愛玲寫的。我故意寫胡蘭成是漢奸，意在提醒使用「歲月靜好」者知道出處，至於用不用，是個人的選擇。胡蘭成可是民國第一渣男，引用「歲月靜好」的女性們到底知不知道？胡蘭成曾追隨汪精衛，抗戰時期任南京汪精衛政府宣傳部次長、行政院法制局長。我對汪政權沒有負面觀點，蓋我並非民國史專家，各類爲汪精衛翻案的著作所在多有。我刻意用誇飾法稱胡蘭成是大漢奸，是民國第一渣男，意在提醒閱聽人不要拿到句子就鈔，鈔多了好像快要變成自己的發明。

近年「歲月靜好」幾近鋪天蓋地，從生活抒懷、房屋廣告到馬拉松比賽，都可見其蹤跡，已近俗濫不可耐。汪精衛有名句曰，「引刀成一快，不負少年頭」，多慷慨悲壯，引用時只要知道是誰的句子就沒問題。

另一個令人嫌惡的詞語是「小確幸」，我從來沒有用過「小確幸」這三個字，因爲我的日子沒那麼悲慘，生活日常不需要小確幸。我覺得台灣就是被小確幸害慘了。打開電視，這裡一個小確幸，那裡一個小確幸。翻開報紙雜誌，連上網路，你也小確幸，我也小確幸，天啊！小確幸隨時如排山倒海，滾滾而來。吃碗麵，小確幸；喝杯咖啡，小確幸；吃個夜市，小確幸；跟朋友喝杯下午茶，還是小確幸。就是這樣的小確幸害死人，沒啥可說時，就來一句小確幸。

村上春樹小說裡的一句小確幸，小小而確定的幸福，每天鋪天蓋地而來，台灣人說得比日本人還多，這是什麼道理？文字使用眞的要弱智化到如此田地嗎？

每當我在媒體或網路上看到小確幸和小資女時，心裡就咕咚一聲，又來了。我不知道當許多人在用小資女這個詞的時候，有沒有清楚想過小資女的「資」到底指什麼？就我所知，資應該是資產吧！何謂資產？一般所謂資產，無非是土地、房屋、廠房、有價證券和貨幣；換句話說，就是動產與不動產。可我看到媒體或網路在使用小資女時，好像不是這樣的，而是指年輕的上班族女性。年輕上班族女性當然可能有點兒資產，但機率大概不是太高。那麼這些沒有太多資產的年輕女性，爲何被稱爲小資女？也許你要告訴我，有一部影片名曰《小資女孩向前衝》，小資女因此變成流行語，意指工作四、五年的上班族女性，有固定收入，也有小小的積蓄。請原諒我，工作四、五年的上班族眞的不會有太多資產，可以當什麼小資女。更妙的是，非僅媒體如此稱呼她們，甚至還有自稱小資女的，眞是搞不懂這些人在想什麼。

我並非對日本外來語特別排斥，日常生活中的日文漢字已經太多了，諸如教育、經濟、哲學、政治、社會、新聞，都是日文漢字，甚至我的本行歷史亦是日文漢字。既然生活中已有如此多的日文漢字，何苦繼續亦步亦趨？

近年流行語中，恐怕沒有比大師更令人瞠目結舌的了。我承認三十幾年前一篇寫卡拉揚（Herbert von Karajan, 1908-1989）的文章，曾用過〈大師身後事〉的標題，但從此不再使用。不意一九九〇年代以後，大師滿天飛，東一個大師，西一個大師，說者臉不紅氣不喘，受者怡然自得。尤有甚者，聽到稱別人大師時一臉不屑，聽到人家稱自己大師時，欣然微笑。近年聞在某藝術大學教中國文學之教師，被封爲國學大師，我眞是笑得肚子痛。授其封號者是一位號稱結合禪、茶與古琴的文化當權者。而那位不會寫書法卻大談漢字之美的藝評家，連一篇論文都寫不齊整，靠著大眾演講，偷幾句朱光潛《談美》，鈔幾行李澤厚《美的歷程》，竟也成爲美學大師。

每當有不知情者稱我大師時，我雅不願當面指正，但實在眞心不喜歡，我臉上的表情大概是一臉尷尬。我連自己的老師都不稱大師了，怎麼會稱別人大師，又怎麼敢接受人家稱我大師？我有幾位學術界的朋友，習慣了同儕和學生稱其大師，很幾次在開會或餐敘時，聽到有人稱大師，現場有好幾位爭搶著回答，心裡不禁暗笑，原來多數人經不住高帽頭上戴，久之竟也習慣成自然，愛聽人家稱其大師，所謂千穿萬穿馬屁不穿，信哉斯言。

大師令人厭，老師到處喊。不知打從何時起，什麼人都喊老師，連罵人都要說幹拎老師，眞眞是老師何辜。談話性節目中，人人是老師；綜藝節目左一個老師，右一個老師。黑手是老師，修鞋的是老師，麵包師傅是老師，各行各業都是老師，難道不奇怪嗎？喊教書的老師，那是他的職業，屬於通稱。我乞食講堂，人家稱我老師，我無法拒絕。但各行各業有其稱謂，眞的不必一定喊老師。

媒體用字之浮濫非止一端，電視新聞播報春吶、跨年演唱或貢寮海洋音樂祭，閃靈演唱，觀眾嗨翻天；濁水溪公社演唱，觀眾嗨翻天；張惠妹演唱，觀眾嗨翻天；謝金燕演唱，觀衆也嗨翻天；五月天演唱，觀衆還是嗨翻天；不然就是嗨到不行，好吃到不行，好看到不行，美到不行，爽到不行。當電子媒體和平面媒體，動輒用不行當萬用形容詞時，難怪台灣眞的不行了。

二十歲的女性，頭臉齊整點兒就叫正妹；三十幾歲的叫美女，四十歲穿條短裙就叫美魔女。所以到處是正妹主播，正妹店員；美女主播，美女律師，美女檢察官；美魔女演藝人員，美魔女阿嬤，美魔女董事長，美魔女執行長，美魔女總經理。這個凍齡，那個也凍齡。老就老了，實在不必自欺欺人。市場賣菜的阿桑見人就喊帥哥，喊得我差點兒以爲帥哥是罵人的話。

我對幸福指數破表也很感冒，這裡破表，那裡也破表，到底是怎樣，大家的電表、水表、瓦斯表，天天都在破？不僅幸福指數天天破表，快樂指數破表，爽度也破表。

療愈亦是莫名其妙，洗個溫泉很療愈，看場電影很療愈，喝杯咖啡，喝杯茶，統統很療愈。時代到底是怎樣，每個人都破病，都病入膏肓，天天需要療愈。有事沒事療愈來、療愈去，病到底好了沒？不論身體或精神，天天療愈，總也該好了吧！放空亦隨處可見，腦袋瓜子本來就已經空空，還需要放空嗎？

二〇二一年到二〇二二年之間，電視名嘴「甩鍋」不離口，亦令人不解。甩鍋原始意義是中國用語，意指炒菜、炒飯時，慣用手持鍋勺，非慣用手持鍋柄，以晃動鍋子的方式將炒飯或炒菜翻面，有類台灣用語之拋鍋或翻鍋（另有一種震鍋則是利用鍋子在爐架上震動，以達到讓菜翻面的效果），我做菜喜用小拋鍋，即左手（非慣用手）握鍋柄，向前一推順勢回勾，將鍋中物翻面，故習慣稱拋鍋，即中國用語之甩鍋。而電視名嘴所謂甩鍋係指將燙手山芋甩給他人，即推卸責任，眞不知從何處學來。每每在新聞談話節目見名嘴甩鍋來、甩鍋去，委實丈二金剛摸不著首腦。

非僅文學界、文化界、媒體和網路文字弱智化，學術界亦不遑多讓。有些詞句滿天飛，甚至已臻令人生厭之地步。其中使用頻率最高的可能是亮點。各種商品廣告和學校招生，到處可以看到亮點的身影。科技部的專題研究計劃申請書居然有一個欄目是本計劃之亮點，眞不知表格設計者是怎麼想的。科技部專題研究計劃申請書還有一個欄目移地研究，更是荒天下之大謬。移地論來自日本學者矢野仁一等人，係由朝滿非支那論、滿蒙非支那論組成，矢野仁一提出「滿蒙藏非支那本來領土」的理論，認爲滿洲、蒙古、西藏是中國的「邊疆地方」，意指朝鮮、東北、蒙古非中國領土，以遂行日本東亞共榮圈之理想。時隔不到百年，台灣學界和媒體人已然遺忘其所從來，學術界尤其不應該，我曾指陳其謬，惟未受理會。運動員換地點訓練或學者從事田野調查，宜為易地，如易地訓練、易地研究，而非移地。

亮點較移地尤為荒謬，亮點的原始意義是液晶螢幕上市初期，稱螢幕上之白點為亮點（英文 Spotlight當然還有其他意涵。諸如聚光、聚焦，此處不贅），屬負面意義，故液晶螢幕製造廠一般宣稱三個亮點即可無條件退貨或更換，手提電腦液晶螢幕亦是三個亮點即無條件更換，屬液晶螢幕之瑕疵。某年中共領導人胡錦濤在演講中將亮點說成優點、特點，從此亮點由負面缺失意轉為正面優點，許多產品廣告亮點來、亮點去，各級學校招生更到處是亮點，你鈔我，我鈔你，無處不亮點（缺點），看得我啼笑皆非。每當我看到大學院校的招生廣告寫著：本校的五大亮點，本系的三大亮點；我心裡就想：五大缺點的學校，三大缺點的科系，我幹嘛去念，又不是頭殼壞掉。

台灣的文學科系論文，「語境」幾已泛濫成災。曾幾何時，學者和教授們的論文，語境來、語境去，研究生們有樣學樣，幾近乎沒有語境不成文。台灣的大學院校語文學門教授和研究生學術論文處處充斥「語境」，幾乎完全遺忘台灣譯者彭淮棟有適切的翻譯「脈絡」（Context）。一位任職中研院文哲所的友人，在我臉書留言，略云「語境是六四後李陀在芝加哥大學的讀書會中發明的，劉再復同意，李歐梵和我都反對，認爲其誤用，至於遺禍至今」，其所述或有所本。當大學招生廣告到處是「亮點」，連科技部表格都有「亮點」欄，文學科系論文到處是「語境」，影歌星開口閉口「內地」，「視頻」滿天飛，抖音、快手成爲生活日常，民衆無法分辨兩岸用語的差異，無非剛好而已。

教育界有幾個名詞使用甚爲浮濫，當翻轉和另類教學變成口號鋪天蓋地而來時，各種眞假不分的另類和翻轉教學良莠不齊，黃金挾泥沙而俱下，泥沙太多，黃金太少。媒體和網路到處可見翻轉，簡直不可一日無此君。相較於另類或翻轉教育，跨學門和斜槓人生是另一個隨處可見的流行語，簡直是災難。各大學院校開設跨學門課程，科技部徵求跨領域研究計畫，媒體充斥斜槓人生，我們常常遺忘了自己的本業是什麼。

我知道這篇文字可能會得罪許多朋友，包括書寫者、媒體人和學術工作者。但我想就做一次清理吧！這篇短文並非針對任何個人，而是對弱智化的流行語做一次總清理，把地掃一掃，清一下垃圾，至少讓我的眼睛和耳朵清淨一些，不然連我自己都快變成垃圾了。

衷心期盼在我看得見、聽得見的所在，別再大師小資女隨口說，翻天不行到處是，亮點語境滿天飛，療愈小確幸四界行。

4

生命的間隙

鐵人三項歸去來

於是，我覺得自己是個鐵三人了。二〇〇九年十月四日，我第一次參加小鐵人三項比賽，在經過三年的訓練之後。

我原本的運動項目主要是球類，從小學到乞食講堂，四十幾年的運動均以球類爲主。最初會想參加鐵人三項運動，乃係各種機緣之巧合。

二〇〇六年六月，任教學校游泳池改建爲溫水工程完成，適巧好友涂雋爲了練習鐵人三項找教練學捷泳，問我有沒有興趣。我本來只會擡頭蛙，游泳技術極差。雖然服役時在特遣隊需受海訓，但因受海訓時我已經結束入隊訓，掛階接執星官了。因此在訓練上有點混水摸魚，我的海訓也就馬馬虎虎混過去。不像受山訓時還在入隊訓階段，拔階受訓，故各項山訓技能一一操練，後來甚至擔任山訓教官。受傘訓時亦不掛階，故爾結結實實地完成初階傘訓。至於游泳，一直停留在童年時的擡頭蛙階段。想想一個特遣隊員只會擡頭蛙，不免汗赧。本來想和涂雋一塊兒學捷泳，但因其泳訓時間是早上八點，我的作息無法配合，乃報名參加學校的初級泳訓班學捷泳，教練是學校體育室林文乙老師。第一次上課是二〇〇六年七月廿四日，學了十堂課，勉強能換氣游個十五公尺。我就靠著這個十五公尺自行練習，迄二〇〇七年三月，總算可以游五十公尺。

二〇〇六年八月廿七日，幾個平常一起聆樂的朋友起哄，說要成立一個騎車聆樂的社團，取名黑輪社。黑者，黑膠也；輪者，兩輪也。入社者立誓，無黑者補黑，無輪者補輪。二〇〇六年九月，宋培弘將他的登山車從北投載到指南山下借我，讓我可以騎到河濱自行車道練習。彼時黃昏時分我常常一個人到河濱腳踏車道練習，來回約十公里。

二〇〇七年三月我報名學校游泳訓練中級班，再上十節課，做了一些動作上的調整。上完中級班後，我大致可以順利游完五十公尺，但也僅止於此。一直到二〇〇七年五月，習泳已逾九個月，我仍然只能游五十公尺，學得實在有點灰心。二〇〇八年五月五日，我第一次游完一千公尺，用的是道家無爲式游泳法，就是用最少的力量泅游，這個姿勢是我自己發明的，即手輕輕划水，腳似有若無踢著，身體左右晃動，緩緩向泳池彼岸游去。

我從小喜愛運動，小學四年級打躲避球，五年級參加野球校隊，打到國中才因家裡反對而終止；六年級打桌球，持續到讀碩士班；六年級打手球，打左邊角位置，持續到大學；國中打籃球、排球，持續到碩士班，籃球甚至打到取得博士學位返回母系教書；一九九六年學打網球，迄二〇〇六年接近十年。我所有的運動幾乎都和球類相關，鮮少徒手運動，故爾所有徑賽項目對我而言都很陌生。除了參加過大隊接力之外，我少數參加過的運動競賽是鉛球與跳高。國中三年級時，我是校運的跳高金牌，鉛球銀牌。但嚴格說來，我的運動細胞並不是太好，尤其徑賽類的徒手運動，蓋因我的大肌肉群不發達，倒是小肌肉群尙佳，因此各種需要技巧的球類運動，稍較擅長。我的平衡感和協調性不錯，各種需要協調性的運動我學起來大致上不是太困難，但因大肌肉群不發達，所以也不是太好的運動員，縱使我會很多種球類運動。鐵人三項所要求的游泳、自由車和跑步，是需要大肌肉群的運動，對我而言，難度顯然較高，加上我偏高的體重，是跑步天敵，也是自由車上坡路段的天敵。但我決定改變自己的運動方式，不再局限於球類運動，而轉向靠近徒手運動的鐵人三項，我知道非常困難，卻想試試看。

二〇〇七年六月十五日，涂雋幫我組裝的公路車完成，於是開始練習自由車。二〇〇七年九月廿三日清晨六點，星期天，黑輪社好友齊聚，約好騎一〇六公路，這就是我的初登板了。秋日微雨，涼風拂面，轉上一〇六公路後開始上坡。我還不太習慣換檔，所以常常換得卡卡的，很不順暢。約莫騎到五十四公里處，我的腳開始不聽使喚，萬般無奈下只好下來牽車。到平路時我再度跨上坐墊，用力踩下去。一路上我下來牽了四次車，才遲遲艾艾來到最後一個上坡終點五十八公里處。

二〇〇七年十月廿七日，黑輪社兄弟們再次邀約騎一〇六公路。這次很順利地騎到莫內咖啡。從此，一〇六公路成爲我最常騎乘的路線。

二〇〇八年八月我請教育系畢業的陳怡帆教練教了我十節游泳課，每個禮拜上課兩次，修正我的捷泳動作。我記得第一次上課時，怡帆教練要我先游給她看，她替我計時。游完五十公尺之後，教練說我游了一分五十八秒。我對教練說，我的腳總是踢不好。怡帆教練說，你根本沒在踢，你只是身體左右晃動，以爲自己在踢水。頓時我差點想把自己埋進水裡，乾脆淹死算了。捷泳游了兩年多，怡帆教練上課的第一句話竟然是我的腳根本沒在踢水，難道不該一頭撞死？當時我已經可以游完一千五百米，用完全錯誤的動作。

怡帆教練結束教師實習後，去臺師大念教練研究所，把我交給學妹王才容。經過怡帆教練的指導後，泳姿當然比我自己發明的道家無爲式捷泳好得多，但仍有三個問題：一是我的右手出水後會高肘彎曲，左手則是伸直往前甩；二是我的手掌張開而且彎曲；三是我的腳不會踢水。但我自己並不知道有這些毛病，直到二〇〇八年十月請王才容教練指導以後，才知道自己的動作有這些問題。

王才容教練第一課要我先游給她看，我游了五十公尺，才容教練問我是要她先修正動作還是列課程讓我練，我說先修正動作吧！於是我的惡夢開始了。才容教練和怡帆教練不同，怡帆教練比較客氣，而且有點害羞，我做不到她的要求時，最多說一句：「老師，你要加油喔！」才容教練可沒這麼客氣，她總是扶著浮板跟在我後面，我只要哪個動作不對，她馬上喊「右手」、「左手」、「腳」，在水裡有時聽不太清楚，游到對岸時，我做完韻律呼吸，就等著挨訓。雖然才容教練臉上永遠笑眯眯，但要求很嚴格，單單右手要抬肘往前入水，就被念了幾百次，左手要彎曲抬肘更幾乎被念到翻臉；至於手掌要合起來，我因爲不習慣，要很用力才合得起來，才容教練模仿我的動作，說手拱得像湯匙，把手臂和身體搞得僵硬無比。就這幾個項目搞了一個半月，總算動作勉強正常些了。才容教練又出了個難題給我，要我手划一次水腳踢六下，划兩次踢十二下，踢得我氣喘吁吁。

才容教練的訓練方式很有效，雖然我游的速度沒有加快，但游起來輕鬆多了。而且，我好像忘掉以前自己是怎麼游的了。說實話，我並不知道才容教練會帶我走到哪裡，我也不知道自己能做到多少，反正教練怎麼說我怎麼做，走到哪裡是哪裡。二〇〇九年三月，才容教練終於忍不住了，要我練習踢水。我拿著浮板，兩腳拼命踢，硬是打不起水花。直到一個月後，才略得要領，但游全泳時，手一划，腳卻又不會踢水了。才容教練教到快翻臉。其實應該說早已翻臉了，只是因爲我是老師，不好擺臉色給我看。

二〇〇九年七月，涂雋帶我做自由車耐力訓練，從平常騎的莫內咖啡，加長距離騎到貢寮，來回約一百公里，其中有一次騎一〇二公路到雙溪靠近瑞芳的不厭亭。但那次我牽了兩公里多的車，因爲最後一段實在騎不上去。後來再騎一次貢寮，大體算是順利。在訓練中涂雋教我如何使用卡踏的提勾節省力氣，以保留腳力給鐵人三項的最後一項跑步。雖然我的技術並不熟練，但比原來好多了。七月間，涂雋帶我練習跑步，其實嚴格地說並不是跑步，而是快走加上部分小跑步，開始時是三千公尺，後來加到六千公尺。練習了兩次之後，有時在游完泳後會去操場自行練習，但次數並不多。最長僅得八千公尺，距離五一點五公里鐵人三項的跑步還差兩千公尺，比賽的跑步是十公里。

二〇〇九年八月，我的左小腿蜂窩性組織炎復發；適巧涂雋感冒，因而自由車的練習中斷。

二〇〇九年八月初，我的左大腿髖關節舊傷復發，韌帶鬆脫，這是老毛病了，去給中醫師踩回去就好。但反反覆覆，一直沒有完全好。這次左髖骨韌帶鬆脫舊傷再次反復，弄得我有些心灰意冷。

二〇〇九年八月十四日上游泳課時，我向王才容教練說，「看來我真的是不行了，除非我完全不理會姿勢，用最快的速度划水，否則無法達到鐵人三項的關門時間。」接著我用我當時能游的最快速度游了五十公尺，才容教練拿著浮板踢水一路跟著。游完五十公尺時，才容教練說，「雖然你的手亂七八糟，但這是我看你踢水最好的一次，你的腳幾乎都在水面上。」我回想了一下自己剛剛踢水的情形，記下踢水的感覺，再次游了五十公尺，才容教練說這次的踢水仍然是對的，於是我終於學會如何將手腳結合起來，解決拿浮板踢水沒問題，游全泳腳如木棍的問題。在我學捷泳的三年多以後，我終於學會將手和腳結合起來，距離我報名的東之美鐵人三項比賽剩下不到兩個月時間。

但我的左手仍然沒有改善，我總是在划完水後橫向移動到前面，不會做提肘前移的高肘動作。因此左手在每天開始游的前兩三百公尺，常出現疼痛狀況，大約在四百公尺以後才稍稍減緩。二〇〇九年八月廿八日，就在才容教練決定要放棄要求我左手划完水，提肘向前入水的動作時，她再度說明如何在推完水之後，將手提水桶般提起來，彎肘，擡高，用手肘帶小臂前移的動作。這次我聽懂了，因爲我總是在推水時推到太後面，導致手卡住，只好橫向前移。弄清楚之後，我終於學會左手的提肘動作，而游泳時左肩也不再疼痛。在我學會踢水的兩個禮拜之後，才容教練幾乎準備放棄修正我左手的動作之時，我終於學會提肘，我的左右手划水、提肘、高肘動作，方始修正完成。

對會游捷泳的人來說，一個划水動作學了三年，簡直不可思議，但我就硬是這麼笨，學了三年多才學會提肘動作，想來不免淚下沾襟。

划水和踢腳動作修正好後，我還有另一個很大的問題，就是划水的動作不連貫，在推完水後，我的手會在後面停頓一下才提肘前移。這個動作一直改到二〇〇九年九月三十日才完成，距離東之美鐵人三項比賽只剩下四天。

更麻煩的是我缺少開放水域的經驗，二〇〇九年九月廿五日涂雋和哥哥涂昀約我到青潭堰練習。初下水游不到五十公尺，我就氣喘吁吁，不辨東西，四顧茫然，只好抱著浮板休息。我趴在浮板上，朝四面望去，用以瞭解四周的地形。這樣漂了約十五分鐘，我才再度下水試游，這次的情形好多了，我稍稍找到換氣的節奏，游起來尚稱順暢。

本來約好九月廿七日騎一〇六公路，回來後再去青潭堰練習，因雨而不果。我在傍晚時冒雨練習了一下腳踏車，從深坑到石碇交流道，來回騎兩趟，約莫騎了十六公里，這就是我自由車的最後一次練習了。接連幾天都下雨，無法到青潭堰練習開放水域游泳，直到九月三十日才再度前往。這次下水游不到三十公尺，我的蛙鏡左眼進水，只好抱著浮板將水倒掉。涂昀因而教我立泳，在遇到蛙鏡進水時如何將水倒掉再戴回蛙鏡。這天的水有點渾濁，練習不多時涂雋兄弟就上岸了，我則取下浮板，再度下水，游出去，練習立泳，再游回來。

十月一日原本約了再去青潭堰，因雨未成行；十月二日是最後練習的機會，涂雋、涂昀和我開車抵達青潭堰時，一個人都沒有，包括那些平常來游泳的老手都不見，溪水混濁，我們三個人也不敢下水，只好頹然而返。我一直記挂著未完成的第三次開放水域訓練，心裡著實不安。

但比賽時間終於到了，我沒有機會再度下水或騎自由車。二〇〇九年十月三日清晨六點半，王才容教練陪我開車南下台東參加比賽，走北宜高速公路轉蘇花公路。在花蓮吃過午飯，開台九線到玉里與宋培弘兄弟會合，宋培弘的弟弟這次也參加比賽。宋培弘和黎木蘭醫師、陳大哥在玉里吃午餐，我們會合後走玉長公路轉台十一線南下。這是我第一次走玉長公路，沒想到在我走過之後的第三天，因著芭瑪颱風的豪雨，玉長公路坍方中斷。我和宋培弘約在下午四點抵達台東，先到那魯灣酒店報到，領取各項資料，包括泳帽、號碼貼紙、跑步號碼布、自由車號碼布等。然後驅車到比賽場地活水湖，涂雋兄弟已經先在那兒等我們。

抵達活水湖以後，五個人中只有我準備下水，其他四人都不想下水。王才容教練在玉里已經先將泳衣換好穿在裡面，脫了上衣就跳下水游將起來。我換好泳褲後，也下水試游了幾十公尺，並練習立泳，以備不時之需。涂雋一再告戒游泳剛出發時要小心蛙腳，不要被踢到肚子，蛙鏡不要被踢掉，講得我心驚膽跳。我暗下決定，正式比賽時等別人都游出去了再出發，寧可慢一點，不要被踢到。

我邀請涂雋兄弟和宋培弘兄弟一塊兒共進晚餐，台東原民處長顏志光要請我吃飯。他們說還要上街買比賽用的配備以及食物，故未同行。適巧我大學的拜把兄弟張映南到台東旅行，二〇〇九年八月他在台東買了兩甲地準備蓋農舍，先來體驗一番。我們原本約在原生植物園餐廳，後來改在台十一線的秀娥海產店。我和才容教練將行李放到公教會館後，顏處長開車帶我們前往。映南三哥點了一桌子海產，我卻沒有什麼胃口，心裡記挂著第二天的比賽，莫不要第一項游泳就游不完。映南問我要不要喝點酒，我說不要，被嘲笑了老半天，映南說認識我三十幾年來第一次看到我拒絕酒的誘惑，我只有苦笑。

回到旅店，整理第二天要用的各項配備，包括各種條碼和食物，食物主要是香蕉、巧克力棒和羊羹。香蕉是才容教練建議的，說可以避免抽筋；巧克力棒和羊羹是涂雋建議的，游完泳時用以補充熱量，以及騎完車回到轉換區時可以再度補充熱量。才容教練因爲游泳比賽經驗豐富，依著大會發的說明，整理各項配備，幫了我很多忙。整理完各項食物和裝備，約莫十一點入睡。

入睡不久，我被地震驚醒，看了看手錶，約莫是凌晨一點半。第二天看新聞始知是芮式六點三級的大地震。加上芭瑪、米勒雙颱來襲，我對第二天的賽事不是很樂觀，雖然主辦單位說明比賽照常舉行。二〇〇九年十月四日早上六點鐘，手機鬧鐘響了，我拉開窗簾，微雨霖霖，有一點風，我想比賽應該會照常舉行。才容教練拿旅店餐券到簽約的麥當勞換早餐，我則整理公路車，打氣，貼條碼。一切就緒後，才容教練帶回早餐，我一邊開車一邊吃早餐。抵達比賽場地時，發現還有停車位，於是順利停好車，取出自由車和運動袋，騎著自由車，背著運動袋，將各項器材擺到轉換區。

回到賽場，涂雋兄弟、宋培弘兄弟已經在現場，而且換好泳褲。因爲距離比賽還有一小時，我並沒有急著換泳褲。七點二十分，我到轉換區換泳褲，回到賽場主舞台，主辦單位說明因爲芭瑪颱風來襲，今天的水溫會比昨天低幾度，而且因爲部分救生員去擔任防颱工作，現場救生員較少，請初次參加鐵人三項的選手儘量靠岸邊游。我的心裡忐忑著，不知道可不可以游完一千五百公尺，因爲練習過程中，我從未在開放水域游過這麼長的距離。

主辦單位用帽子的顏色區分下水順序，第一波是黃色泳帽，爲菁英組和三十歲以下的男子選手；第二波紅色泳帽，爲卅九歲以下男子選手；第三波藍色泳帽，爲四十九歲以下男子選手；第四波白色泳帽，爲五十歲以上男子選手和所有女子選手，我戲稱曰老弱婦孺；我已是半百老翁，屬老弱婦孺者流，戴白色泳帽。

約七點半，主辦單位找來有氧舞蹈老師，帶領選手做熱身操。領操者動作優美，活力十足，選手們都很合作，一起跟著做。熱身操做約二十分鐘，整個身體暖和了起來，對預防比賽抽筋很有幫助。

終於到了比賽時間，我看到有些選手背著浮標，心裡叨念著自己帶浮標來是否會安心些，但已經來不及了。第一波選手下水了，我的心跳有點快；第二波選手下水，第三波選手下水；輪到我這一組了，我下湖試了一下水的溫度，比昨天稍冷一些，但也來不及細想了。槍聲響起，我爲了避免被踢到，等選手們游出一小段距離後才出發。我緩慢地划著，希望找到自己的節奏。可是我似乎失去了節奏，氣換得有點急，我努力將節奏找回來，卻愈游愈急。救生員指揮我往岸邊游，於是我向右岸游去。游約三百公尺，我看到才容教練在岸邊行走，替我拍照，心裡稍篤定了些。約游到四、五百公尺，忽然我找到自己的節奏了。於是我開始感覺到安心，並享受比賽。我覺得自己一定可以游完賽程，不論速度快慢。我輕鬆地游著，換氣時看著湖邊的青草地，偶爾擡頭看看前面的浮塔修正方向。終於快到折返點了，我看到最後一個浮塔，心裡篤定不少。但我的距離感仍然有很大誤差，平常在游泳池，放眼看去不過五十公尺，我以爲看到浮塔就剩下幾十公尺了，沒想到還有一百八十公尺。但不論多遠，總是游到折返點了。轉過折返點，我順著標線往回游。出水面換氣時，我發現不知何時雨已經停了，我用中等速度游著，以自己習慣的節奏。約莫剩下兩百公尺時，我發現自己的體力還有餘裕，因爲才容教練要我在開始時保留體力，顯然我保留得太多了，於是加快划水的節奏，居然游的有模有樣。

游抵終點時，裁判和工作人員大聲爲我加油，一時間我竟熱淚盈眶，眼淚差點飆出來。我忍住將飆出的眼淚，慢慢走向轉換區，用浴巾擦乾身體，將浴巾圍在腰部換車褲。換好車褲，穿上車衣，吃了一條香蕉，一條巧克力棒，一塊六百公克的羊羹，戴上頭盔，牽著我的自由車走向賽場起點。我將右腳套進卡踏，緩緩踩動我的青驄馬。繞過往中華橋的聯絡道，前面就是台十一線了，太平洋在右，海岸山脈在左，我迎著風，開心地踩動風火輪。臺東的海岸眞美，雖然昨天才開過這一段路，但騎自由車的視野和開車不同，寬廓的海洋，青綠的林樹，我沈浸在比賽的美好感覺裡。

我試著用涂雋教我的勾撻方式騎車，避免踩踏過多，過度使用大腿肌肉，因爲大腿肌肉要保留給鐵三賽事的最後一項跑步。我沒有花費太多力氣就騎到二十公里的折返點馬立，折返後就是下坡了。從折返點開始，我加速到四十五公里，追風而奔。因爲去程多上坡，而且是逆風，我的時速大約騎在十六到三十公里之間；回程下坡多，而且是順風，當然全力衝刺。騎到約剩下八公里時，我發現右小腿出現肌肉僵硬的現象，於是放慢速度。不久，發現左小腿也出現肌肉僵硬的情形，於是再放慢速度，直到終點。

回到轉換區，換穿跑步的衣服和鞋子，再度吃了一條巧克力棒和羊羹，開始跑步。我先緩慢地跑著，我覺得游完泳，騎完自由車就算完成比賽了。跑了約莫一千五百公尺，右腿出現有點要抽筋的現象，於是折返，回到起跑點，結束我的三鐵之旅。其實我應該可以撐完比賽，但我並不想那樣做，我想將跑步留給明年的比賽。

休息一段時間以後，我整理運動袋，牽自由車，將運動袋和自由車搬上車，等涂雋兄弟和宋培弘兄弟完成比賽。

涂雋兄弟和宋培弘兄弟都順利完賽，我興高采烈地恭喜他們，彷彿是自己完成了比賽。事實上，對我而言，我覺得自己已經是個鐵人了呢！

因爲芭瑪颱風來襲，屏東已發出陸上颱風警報，我不敢入夜以後開蘇花公路，因此搶在天黑以前開過南迴公路，後段的二高就不必耽心了。顏志光處長堅持要請我吃午飯，於是到大車輪吃日本定食。我因爲已經吃過大會準備的便當，只點了炸蝦和刺身；倒是王才容教練吃得興高采烈，我笑她這次是吃喝玩樂之旅。

約兩點半驅車上路，南迴路上已是濁浪滔天，雨開始大了起來。約四點半抵達楓港，心裡篤定許多。五點二十分上南二高，我知道應該可以順利回到臺北了。

第二天看新聞，始知前晚凌晨的地震，規模爲芮式六點三級；而且蘇花公路第二天就坍方，南迴公路中斷，玉長公路也坍方，想想自己兩天開過的三條公路，竟然在兩天之內分別中斷，不免一晌心驚。

經過三年的準備，我終於參加完鐵人三項比賽，雖然最後的跑步沒有完成，但那又有什麼關係呢！參賽即是鐵人，這是我的想法。

於是，我覺得自己眞是個鐵人了，在經過三年的訓練之後，我第一次參加鐵人三項比賽。二〇〇九－二〇一〇年的目標是減重二十公斤，並加強跑步訓練，二〇一〇年秋天將再參加鐵人三項比賽。

二〇一〇年的賽前訓練比二〇〇九年完整些，約在七、八月間我和涂雋大致維持每個星期騎一趟一〇六公路。而我從八月開始每周跑步三次，每次五千米，其中三千米快走，兩千米慢跑，亦即賽程一萬米的一半以上。並因此在兩個月間減輕十公斤。捷泳部分，我在九月廿四日忽然找到換氣的節奏，可以順暢地在水中換氣，有如在陸地呼吸，此時我習捷泳四年又兩個月整。我心裡想著，今年的目標是完成全部賽事，不論時間是否符合大會要求，大會的標準要在三小時五十分之內完成所有賽事。

二〇一〇年十月十六日賽前一天，因梅姬颱風來襲，夜晚風雨甚大，躺在民宿床上，心裡一直耽心明天的賽事是否如期舉行。十月十七日清晨五點半起床，發現雨已停歇，是一個晴朗朗的好天氣。於是整理行裝，跨上自由車，騎向比賽場地活水湖。

主辦單位依例請有氧舞蹈老師帶操熱身，因爲去年的經驗，我覺得熱身操很有效，所以認眞的跟著做。主辦單位依分齡安排下水梯次，我戴藍色泳帽，屬第三波下水。本以爲我在九月廿四日已習得水中呼吸大法，於是大膽選擇在標示線靠左近右邊的位置下水。沒想到槍響以後，大夥兒往前衝，浪濤頓時汹湧起來，我用力向前划，換氣時不知爲何居然換不到氣，就算用單邊換氣也是一樣，肺悶得快爆開來。我愈游愈緊張，差不多游了三百米，一直處在身體僵硬，換氣不順的狀態下。我一陣心慌，想著是否要放棄比賽。訓練了一整年，難道游這十分鐘就要放棄？於是向岸邊游去，那裡的選手少很多，我慢慢游著，忽然我決定試試兩邊換氣，發現居然順暢了起來，於是繼續向轉折點游去。漸漸地我找到自己的節奏，換氣時看到蔚藍的天空，我知道自己可以完成游泳項目了。在找到自己的游泳節奏之後，我開始享受比賽，在開放水域游泳的感覺很棒，我幾乎忘記自己是來參加鐵人三項比賽了。

游泳結束，換上車褲、車衣，吃了一條香蕉防止抽筋，又吃了一條巧克力棒和半條羊羹，才施施然推動自由車到啓騎點。自由車是鐵人三項中我比較有把握的（亦是一般人較有把握的），我並不急於踩踏，反正主要是完成全程比賽，速度對我而言並不重要。我的踩踏速度比平日練習要慢一些，因爲要把腳力留給最後的跑步。整個騎乘過程是順暢的，而且台東的海岸很美。

回到轉換區時，領先的選手已經完成全部賽程了。我換上短褲、跑鞋，再吃一條巧克力棒，走兩百公尺，讓腳適應地面的感覺，才開始慢慢跑將起來。跑步的路線經過市區，每隔不遠會有加水站，我可以很放心地半跑半走，不怕脫水。繞進森林公園，約剩五千米時，我感覺我的腳底似乎起水泡了。我告訴自己，就算爬也要爬到終點。忍著腳底的水泡，我跑一段走一段，穿過森林公園，涂雋和宋培弘已吃完便當，騎著自由車一路尋來。此時距離終點約一千米左右，宋培弘趕到前面，準備我衝線時照相。

終於抵達終點了，在歷經四個多小時的奮戰之後。領到完成賽事金牌時，我不禁熱淚盈眶。

雖然沒有在大會規定的三小時五十分完成比賽，即鐵人三項所謂完賽，但我終究比完全程。歷經四年的艱苦訓練，我覺得自己眞的是個鐵三人了。

拼裝車與混堆茶

大部分人是拼裝車，鮮少人是純料，我也不例外。

童年在後山，農村有一種貨車名曰鐵牛仔車，三輪或四輪，用來取代牛車，行走於非柏油的產業道路之間。最初以運送穀物、肥料爲主，後來漸漸取代牛車，鄉下人稱之曰拼裝車。

拼裝車引擎與犁田用的鐵牛仔相同，或許馬力大一點，在同一家鐵牛店製作。鐵牛仔取代牛犁，鐵牛仔車取代牛車，約莫是一九七〇到一九八〇年代之間，台灣東西部或有時

秋光侘寂

間先後，但大抵出入不大。其後漸次出現汽車引擎的拼裝車，以載貨為主。台灣農村出現正式貨車，約莫在上世紀末，新世紀初，我的同輩人對拼裝車大都印象深刻。

相識樂友都知道我的音響重播系統向來是拼裝車，而且很多是二手器材。以家中主系統的黑膠唱盤來說，書房、客廳兼工作室的主力音響系統有兩座唱盤，中間這部是台南合笙音響蔡老闆設計製作的 TS-6500-Cu，底座、馬達、轉盤均為台灣製造。我一向對台灣產品很有信心，這部轉盤是我黑膠唱片的主力，唱臂是日本池田勇老先生製作的十二寸臂 it 407 和九寸臂 it 345，九寸臂接 DECCA MI 單聲道唱頭，十二寸臂接 van den Hul MC 立體聲草蜢四號唱頭；唱頭放大器是朱師父做的土砲，前級是德國眞空管擴大機 Klimo 蛇魔女，後級是英國 Chord 晶體擴大機第一代，主揚聲器是 Dynaudio Contuer 3.3，信號線和喇叭線是大雜燴，歐美日和土砲齊聚，族繁不及備載。故爾每當有人問我的音響是什麼牌子，我的頭上總是飛過一群烏鴉。同一個空間的另一個唱盤是 Garrad 401，黑膠時代電台使用的四款唱盤之一，因為是電臺使用之專業機種，唱盤鎖在音控台上，所以製造時只有盤身，沒有底座。學校研究室有一部同款唱盤，底座是陳正雄老師為我做的印度黑金石，家裡這部是友人王先生做的瀏銅底座。王先生家族企業做精密機械，在一九九〇年代台灣精密機械工廠進軍中國時，王家決定留守台灣，三十年後證明他們做了正確選擇。王先生自己是發燒友，用瀏銅翻模做了十一部 Garrad 401 底座，自己留下一部，其餘分享樂友，我亦爲其中之一，準備聽到蒙主恩召。

家裡音響重播系統另有一組眞空管綜合擴大機，是法國 J. C. Verdier，使用45眞空管，推力極小，只有一瓦多，用來推日本喇叭 Diatone（呆兒童）P610B，美聲肉感，大部分時候我用來聽爵士樂。目前插在上面的眞空管，是謝醫師送的350。

我常常想，我的音響系統眞是南腔北調，完全符合拼裝車的要件。而我自己更是一部拼裝車，學術專業是歷史，曾經是文青，出版過幾本散文集，幾本歷史學術專書，熱愛音樂，每天寫毛筆字，在學校教過電腦課，而我覺得上帝對我最大的慈悲是能夠下廚做菜。

大學時代修希臘羅馬史，在修昔提底斯（Thucydides）《伯羅奔尼撒戰爭史》（*History of the Peloponnesian*）讀到「桂冠詩人亦是馬拉松選手」，深深相信文學和運動是生命的重要支柱，因而熱愛運動。從少年野球選手，青年時代籃球、排球，中歲時打網球，壯歲練鐵人三項運動。雖然未成爲頂尖運動選手，但運動成爲生命不可或缺的一部分。

拼裝或混搭是我的生活日常，喝茶和咖啡亦然。新世紀以後台灣咖啡文化講求單品，從高貴的巴拿馬翡翠莊園藝妓到平價的衣索匹亞耶加雪菲，甚至細分到莊園、批次，身為咖啡愛好者的我，亦自不外於此，原因有如天上的星星數不清。舉其大要者，我很少買現成的咖啡豆，蓋因有幾位友人是咖啡烘焙專家，我的咖啡豆大部分是這些友人所烘焙，其中啤酒頭創辦人之一的宋培弘是主要供應者。後來覺得老麻煩人家不是辦法，於是邯鄲學步，自己的咖啡自己烘，烘焙的路數主要來自培弘和好極了咖啡董祥，部分生豆且取自祥哥。初始多喝單品豆，有一回烘豆時溫度曲線沒控制好，一鍋偏生，一鍋過熟，喝著老覺有點兒不對勁，於是兩支咖啡各取其半，發現竟然若合符節，從此打開潘朵拉盒子，不再迷信純豆。雖不至於主張混豆才是王道，至少能接受混豆咖啡。有些咖啡店會有特調咖啡，所謂特調咖啡即店家用不同豆子混合烘焙者，有店主人的特殊風味。我自己則是烘好再調，店家是調好再烘，各出機杼，巧妙不同。

《茶金》影集中有一幕山妹配茶的故事，使用不同的茶葉調製出特殊風味之茶，此即混堆茶。影集有點兒張冠李戴，蓋其時代是一九五〇年代，而台灣的混堆茶概念，要一直到一九七〇年代方始初登板。但影集溶入此一概念確然不易，毋須斤斤。我自己喝茶原亦從單品茶入手，包種即包種，烏龍即烏龍，鐵觀音就是鐵觀音，極少混堆。二〇二一年冬天，茶行主人告知我當年沒有包種冬片，於是前一年購存的幾包冬片變得極其珍貴，尤其一包僅得五十公克，蓋碗沖茶用四克，絕對撐不到二〇二二年冬天，於是只好省吃儉用。我用三克包種配一克冬片，茶底是包種，幾許冬片香氣，喝起來猶是依稀彷彿。因著包種茶的混堆甚愜我心，於是試著將中火鐵觀音混堆，以新開封之茶搭配已用陶罐養過者，或對開，或四六，或三七，獲得不同的香氣和茶韻，神明變化，不可方物。

因著包種和鐵觀音的經驗，我將幾種膨風茶混堆，試著找出記憶裡膨風茶的滋味。蓋因手邊的東方美人來源不一，有茶友贈送者，友人贈送者，農會贈送者，自行購買者，有桃園茶、北埔茶，以及一款台商在雲南種植大冇青心種所製之膨風茶，茶味有輕有重，香氣有濃有淡，試過各茶特色後，混調成我喜愛的膨風茶味，雖然記憶裡的茶香、喉韻不一定完全相符，至少靠近我心底的滋味。

一九九〇年代普洱茶在台灣形成一股風潮，茶友們趨之若鶩；新世紀以後追求古樹茶，甚至古樹純餅。事實上雲南各大茶廠出品的七子餅或下關沱茶，大部分爲混料，鮮少純餅，識者以爲並非成本考量，而是普洱茶混餅有其深義，即混堆茶之概念。君不見價格節節高的八八青餅，其配比即爲混料。我常覺得普洱純餅茶（特別是古樹純料）或許只是茶商之噱頭，不一定是普洱茶的眞理所在。何況茶是用來喝的，不是拿來看的，很多茶友其實是用眼睛喝茶。

長期以來，台灣人愛戰理工與人文，念理工者沾沾自喜於自己的邏輯思考，因而嘲笑念人文者的過度感性。但生而爲人，豈有純粹的理性或感性？這種長期以來的科學主義優越感，實不値一哂。大部分人都是拼裝車，很少人會用純粹的自然科學思考解決問題，大部分人都是幾分科學，幾分人文，用拼裝式的思考解決問題。我相信很少人可以用數學符號形容一幅畫的美，或者用物理符號敘述一首感人的音樂。一位在學術上成就極高的自然科學學者告訴我，眞正高明的科學論文其實美如一首詩。至於台灣那些時不時要戰理工勝人文者，在我看來連入門都談不上。

人生是一泡混堆茶，咱們都是拼裝車，想通這一點，何妨開心過日子。

桐花似雪，滿山瓣瓣跌

油桐花開五月雪，北台灣各地這裡那裡的舉辦桐花祭，喧鬧著草木花樹的季節迭替。

一月櫻，二月杏，三月杜鵑啼，五月桐花滿山坪。在這多雨的小鎮一待二十年，日久他鄉變故鄉，過客成歸人，眞眞是處處無家處處家。

媒體報導著各地的桐花祭，這裡那裡，輪替接續，喧鬧著春意。一九九〇年代以後，台灣住民受日本文化的影響，各種活動都加上「祭」，音樂祭、花祭、神明祭，種種形式，不一而足。可惜我並沒有太多參與的閒情雅致，日子一逕兒的平靜無波。新聞學上

秋光侘寂

說：沒有消息就是好消息，我向來奉為圭臬。日子平平地過，無悲無喜，無病無痛，就是上蒼對我最大的眷顧了。

二〇〇八年一月到醫院作例行健康檢查，報告上說我的膽固醇和三酸甘油脂偏高，醫師囑咐我必須減肥或戒菸，我對醫師說，別開頑笑了，給我開藥吧！醫師無奈地笑了笑，一如往昔為我開列例行的慢性病多次處方箋。反正近幾年來都是這樣，也沒有特別想些什麼。每年做一次體檢，每半年驗一次血，每三個月看一次心臟內科門診，拿三個月的連續處方箋。我和許多知天命的中古男人一樣，沒有特別的病痛，亦非完全健康，安心與疾病共存，這是一位醫師友人給我的建議。人生無完美，年過半百得認命，因為眞的不知道明天先到還是死神先敲門。有些時候人好像只能認命，身體的老化，心靈的傷痛，人生歷程點點滴滴，猶似滿山桐花瓣瓣跌。二〇〇八年四月，我再度做例行驗血，五月報告出來，我的膽固醇降到一六〇，低於標準值的二〇〇，我不知道是因為每日泅水所致，還是每天吃一餐麥片的結果，總之我的膽固醇符合標準了，這是我這種體重三位數者不容易達到的事。更令我感到開心的是三酸甘油脂，從一月的二六六降低為一一一，這是十年來第一次符合標準。泅水兩年，節制飲食，終於有了初步成果。而且，體重亦降了十五公斤，這是多年來首次體重明顯下降，如果能持續每周騎兩次自由車，旅程六十公里，或許可以再減輕一些吧！雖然二十年來我從來沒有想過減重的事。

我平常的騎車路線是一〇六公路，即二〇〇九年三月某知名企業二代騎自由車墜落山谷這條路線。不懂單車的記者將墜落因素歸諸穿卡踏鞋，看得我只有苦笑。卡踏鞋是公路車騎士的基本配備，對一般稍具經驗者而言，大部分時候是沒有問題的。事實上在穿卡踏鞋上路前，都會做好練習，騎自由車發生意外，和任何運動發生意外都是一樣的，並不會特別危險。

五月以後騎車到平溪，從政大校門口出發，經動物園，走一〇六甲深坑外環道，轉一〇六公路，騎到平溪，來回約六十公里。從石碇交流道附近的三角地帶轉一〇六公路後，滿山開著油桐花，這裡那裡的片片雪白。

我對油桐花並沒有太特別的感情，四時迭替，草木花樹開開落落，歲月的腳步悠緩前行。北台灣隨處可見油桐花，桃竹苗地區尤爲重要賞花據點。這些地區多客家庄，久而久之，桐花成爲客家人的象徵，每年油桐花開時，各式客家活動伴隨而來。身爲客家人的我，因爲父母告別故鄉新竹湖口到花蓮拓荒，乃在後山出生，成爲後山人，對父母故居喬木，反倒是陌生的。我常常想，雖然我身上流著客家人的血，但我的生活卻鮮少客家情懷。父母親離開竹塹到後山拓荒，日久他鄉變故鄉。我離開後山羈旅城市，亦是日久他鄉變故鄉，反倒很少想起後山的事。有許多朋友到花蓮買地，希望退休時可以移居後山，我卻從未有此想法。並非對故鄉沒有惦念，而是來自大地的孩子，羈旅異地半生，並無落葉歸根之想。賀知章詩：「少小離家老大回，鄉音無改鬢毛衰，兒童相見不相識，笑問客從何處來。」離開故鄉三十年，吾鄉的稚子兒童，豈能相識？歸返故鄉，或許反倒成為異鄉。人生似飄蓬，故鄉他鄉又如何界定？我喜愛眼下生活的時空，沉浸其間，日子亦過得安之若素。

二〇〇七年秋天到二〇〇八年春天，我歷經了三次親人摯友的傷逝。先是二〇〇七年十月，老友康樂蒙主寵召；二〇〇八年一月，大舅撒手人寰；二〇〇八年五月，大師兄廖風德告別人世。大舅過身時年逾八旬，雖多不捨，尚猶老成凋謝，乃人世之常。康樂得年五十八，廖風德享年五十七，均屬壯歲辭世，令人感傷曷亟。兩位兄長的猝逝，都予我一時錯愕之感。而不知為何，兩位兄長的遽世，都讓我想到油桐花。

五月桐花開，木柵附近的山上，這裡那裡開滿片片雪白，起風的時候，油桐花瓣瓣跌，猶似雪花飄落，花雨落土不再回。生命裡最照顧我的兩位兄長，隕落如桐花，如此燦爛，如此壯烈。他們的一生都精采絕倫，康樂如大俠，廖風德師兄如春風和煦，都是我生命取法的對象。雖然我將自己的人生走得如此淒愴而黯然，五十之年，殊無所成，半生失敗，猶似飄蓬。所幸內心尚得安然，並沒有太多感傷。承認自己半生失敗，實在需要很大的勇氣，我還算坦然以對。如果不能夠是油桐花的斑爛，何妨是綠葉之欣欣向榮。

每個禮拜我會騎車上一〇六公路，有時一次，有時兩次，從政大校門口出發，騎到動物園，轉一〇六甲公路，經深坑外環道，抵北宜高石碇休息站，再往上到三角地帶，往右是石碇、小格頭；往左爲平溪。有時我會騎往小格頭，過了石碇以後，有七公里的上坡，我必須用之字形騎法，才上得了小格頭。那兒有一家小咖啡店，烤的大蒜麵包很棒。一齊騎車的友人，習慣性地點一杯熱咖啡，咬兩片大蒜麵包。我很懷疑我們是否眞的喜歡騎單車，或者只是爲了大蒜麵包和熱咖啡。

五月以後，從北四七往小格頭的方向騎，沿途的油桐花迎風搖曳，遠處近處，片片雪白，令人心曠神怡。

縣道一〇六的坡度稍較平緩，是我比較常騎的路線。因爲常騎，路邊的風景幾已了然於胸。從三角地帶轉往一〇六公路，約莫三公里開始上坡，亦即五十公里處。從這裡開始，約有八公里的上坡路段，到五十八公里處才轉平坦，但仍有一些起起伏伏的小土包。在五十公里到五十八公里間，上坡八公里，其中有三個比較大的坡，最後一個最陡，即過了隧道以後，介乎石碇與平溪之間。過了這個坡，往後的路程就平緩了。

雖然縣道一〇六隨處可見油桐花，但眞正最葳蕤的在六十三點五公里到六十七公里之間，尤其六十五公里處，山脈與溪流間有一片花海。五月以後騎車上山，在莫內咖啡吃過鬆餅、葡萄柚冰沙或榛果熱咖啡，輕騎下山時，在這片花海佇足良久。腦海裡浮現出歲月種種，不禁淚下沾襟。我並不是一個容易感傷的人，亦甚少傷春悲秋，只是眼前的油桐花海，如此斑斕葳蕤，令我思想起人世種種。如果我的脈管裡流著悲涼的血，那是因爲歷經的歲月，愴然如許。也許大部分乞食講堂者都不免如此罷！在生命最青春斑斕的廿五到卅五歲，十年之間攻讀學位；接下來的十年，沉浮於教授升等；如果再加上親人的傷逝、遠離，要快樂起來，實殊爲不易。我常常羨慕那些有著快樂青年時代的朋友，他們的生命光譜，隨著人生不同階段，適切的依循生老病死。學術工作者的人生，十年學位，十年升等，人生最重要的二十年倏忽即逝，不經心裡，驀然回首，已是千里湮波。該不該感傷？

是否可以重新走一遭？歷史沒有如果，生命亦不能假設，在選擇與不選擇間，一路行到此處。五十之年，轉業已晚死太早，往前看尚有幾許歲月，往回看豈堪回首？幸好我並非時常念及這些，否則恐怕更難邁開腳步。

我們的時代充滿許多人生指南，人生導師，生涯規劃，我從不相信那些。因爲我自己不曾做過生涯規劃，走到哪兒算哪兒，因此我從不給學生任何建議。生命要自己歷練，愛當人生導師者，自己的人生很可能並不成功。在生命歷程中，成長、教養、戀愛、工作、婚姻，種種課題迎面而來，我們卻沒有太多佇足思考的時間，總也是行腳匆匆，轉身，回首，也無風雨也無晴。

我曾許願此生要完成一次鐵人三項，自二〇〇六年夏天起，每日泅泳一千公尺，每周騎車一至兩趟，每趟六十公里，這些訓練對鐵人三項而言，分量殊爲不足，但也只能先這樣，反正慢慢來，亦不急於一時。有些朋友聽說我每日泅泳，每周騎車，不免懷疑我有何所圖。其實說來好笑，我鍛鍊身體，勤於運動的目的，只是爲了好死。對我而言，死無足畏，怕的是帶病延年，身體不健，拖著半生不死的無用之身。我有一個很天眞的想法，如果身體強健，那麼，要侵入我身體的病毒，勢須威力強大；即或身體病痛，亦是猛烈有加；這些都有可能瞬間將我擊倒，蒙主恩召。即我運動的目的是爲了強健身體，以求好死。瞬間轉身，毋須牽牽掛掛，屢屢回首，腳步遲遲，自己痛苦，亦拖累親人。因此，兩位摯愛兄長之死，彈指間魂飛天外，一派瀟灑，千山獨行，不必相送。雖然生者傷痛，對死者而言，卻是瞬間解脫，無痛無念。宋人有謂「五福臨門」，最後一福即爲「好死」。生有何歡，死有何苦，我人生最後的願望亦就是「好死」兩字。練身體，習泅泳，騎單車，唯一的目的就是「好死」，以及相應而生的「好活」。

雖然近年來慢活、樂活之說，媒體日日誦念，我卻對此類標語頗爲不喜。舉凡一切口號文化，我均敬謝不敏，台北捷運站的「三好」說；學校附近餐廳隨處可見的「靜思語」，我皆無感。電線桿上的基督教箴言，車廂廣告的禪語、佛經，道德訓戒，我都心有糾結。現代人難道眞的這麼需要標語/口號文化，爲什麼不能好好爲自己而活呢？難道一定要這些箴言、警語、靜思語才能找到自己嗎？無論如何，能夠眼不見爲淨，能還青山綠水一個本來面貌，總是好的。

滿山遍野的桐花跌跌落，如此燦爛，如此美麗，油桐花開五月雪，五月的風，五月的雨，是我心底小小的漣漪。沒有太多驚濤駭浪，只是生命裡小小的悲喜，在無憂慮的尋常歲月裡。

注：文章標題的「辦辦跌」是客家話轉音借字，客語稱東西一顆顆掉落，或孩童走路不穩常摔倒，曰「絆絆跌」，我用「辦」代「絆」，暗喻油桐花瓣隨開隨落之意。

蓼莪之思，寫給十三學繡女兒的信

今天是我的生日，心愛的你，請起一爐炭，沖一壺茶，慢慢喝著，聽我講這段有點哀傷的故事。

故事並不精采，只是我生命的一段小小切片，沈埋在內心深處的哀哀之思。

你在我心裡住了這許多年，偶爾我們之間會有一些對話，但大部分時候你只是在我心裡安靜地住居。歲月安適，風平浪靜。如果不是這個冬天太過感傷，我也不會對你絮絮叨叨。

走著走著人生就走到這裡了，有些事來不及想，有些事想了也沒有用。歷史無法假設，人生沒有如果。

近旬日前的臘月十二日（二〇一七年元月九日），是父親九十四歲冥誕，也是我五十八歲的舊曆生日。父親卅六歲生日那天喜獲麟兒，所以我的舊曆生日與父親同天。父親過身那年五十八歲，遠行卅六年後，今年我五十八歲，一組令我哀思不已的數字。

鄉下人習慣過農曆生日，父親和我生日同天，豬腳麵線當然是爲父親煮的，故爾我從未過過自己的生日。父親大去之後，爲人子者又怎麼會有過生日的心情。

每年自秋徂冬，我的心情恆在悠悠感傷裡。癸酉之秋，父親大去；辛酉之冬，慈母見背；己酉之歲，兩坎過一關。三十年前，一位萍水相逢的友人，研習八字，略云我逢酉不吉，彼時父親過身未久，我亦未曾多想。不意辛酉慈母遠行，哀思沉沉，直到如今。

父親生日是舊曆臘月十二日，新曆則在一月。入冬以後，母親的忌日，父親的冥誕，連袂而來。每年此時，我常陷入無以名之的哀傷。

乞食於編之初，任職《聯合文學》，同事愛亞姊爲我排紫微斗數。云乃金四局，坐貴向貴，太陽太陰坐命宮，左輔右弼夾命宮，龍池鳳閣夾命宮，總結曰：好命又有才華。我跟愛亞姊說，可我的人生並不是這樣哩！我記得那是一九八八年，我正準備投考博士班。我問愛亞姊，會順利考上否？愛亞姊說，可能有一些波折，但考上沒問題。結果我那年沒考上，愛亞姊不相信，說怎麼可能。我說就是沒考上呀！因為我錯過報名日期。愛亞姊伸出兩個小拳頭，打了我半天，說想不到我命宮裡的火星這麼厲害。許多年許多年過去了，我仍清楚記得愛亞姊說我與父母緣淺的事。我說，不會呀！我和父母很親，感情很好的。愛亞姊說，壞就壞在感情很好，如果感情不好，反倒可以相處久長。不意愛亞姊一語成讖，五年後姆媽跟隨父親永眠斯土。

我非數術信奉者，但秋冬時節總有揮不去的感傷。每當人們歡喜跨年時，我都心中有痛。姆媽是一九九三年十二月三十日過身的，第二天是人們跨年狂歡之日，我卻開心不起來。哈代說，「不是你想念誰，他就健康的等著。不是你愛誰，他就一輩子活著」。我想起那年春天忙著寫碩士論文時，姆媽第一次中風，我搭夜車返回故鄉，坐在省立花蓮醫院病榻邊，無語凝噎。後來我向聯合文學發行人張寶琴借了些錢付醫藥費，姆媽的身分是自耕農，彼時未有農保，全民健保也還沒上路。

錯過一九八八年的博士班報名後，我只能等待第二年的招生考試。大師兄廖風德知曉我前一年錯過報名日期的事，早早寄了報名表給我。一九八九年三月三十日，三姊打電話來，說姆媽左腳背的瘡口，因糖尿病無法愈合，必須截肢。從花蓮醫院轉診到林口長庚醫院，準備動手術。每天晚上下班之後，我從南港開車到林口陪姆媽。精神常常恍兮忽兮，甚而有輕生之念，這是我第二度心生此念。第一次是一九八一年冬天，我在特遣隊受入隊訓時，生命的厄運接連而來。那年秋天，兵變，父逝，抽中金馬獎，選進特遣隊。當平安夜的歌聲響起，一時悲從中來，我握刀刺向自己的心臟，卻因肌肉練得太過強硬，利刃穿不過，僅在胸口留下小小的疤痕，搞得有點像鬧劇。一齣喜劇演壞了，是最好的悲劇；一齣悲劇演壞了，就是最好的喜劇，我常常這樣調侃自己。

我覺得每天這樣開車太危險，決定將母親轉診國泰醫院，方便就近照顧，於是打電話向任職國泰醫院社工部的滿書芳學妹求助。書芳大學低我三屆，在東海念社工系，與乾妹舒靜嫻是同班同學。書芳很快爲我找到病床，並且請當時國泰醫院骨科主任沈博文醫師主刀。手術在四月十五日進行，極爲順利。博文醫師醫術高明，視病如親。記得有一天他有事南下，開車北返，晚上十點多猶到病房來看姆媽。姆媽術後復原狀況甚佳，我利用陪病床頭的小燈讀書，準備博士班入學考試。白天則站著用餐車寫研究計畫。姆媽手術次日我向聯合文學發行人請辭，六月底生效。

手術後須打高蛋白，一針一千五百元，負擔不可謂不大。沈博文醫師建議我到外面的藥房買，請護理人員幫忙注射，價格約爲院方之半。

姆媽出院前我完成博士班報名手續，對考試實在沒有把握。尙幸姆媽復原情況甚佳，返回花蓮由三姊照護，我方得參加考試。考完試後，我應徵《聯合報》新聞編輯工作，幸獲錄取。於是白天上課，晚上乞食於編，如是三載。一九九二年取得博士候選人資格，方始辭去編輯工作，專心撰寫論文。

一九九三年三月廿三日送出博士論文口試稿，姆媽在稍早以前開始洗腎，我帶著口試稿返回花蓮，與三姊輪流照顧姆媽。

通過博士學位考試前，母系擬新聘兩名教師。我因論文已完成，剩下口試這一關，系上特別通融我申請該教職。一九九三年四月廿三日通過口試，過程雖然不甚順利，但總算取得學位。

通過口試後，取得臨時畢業證書，五月廿九日通過校教評會審查，八月一日返回母系任教。政大歷史系一向不太用自己的畢業生，不論大學部或研究部，學生和畢業系友反彈甚大。我是第一位取得博士學位即返回母系任教者，實屬非常幸運。相較於其他學校近親繁殖的學術生態，政大歷史系雖然因不用自己的畢業生而引發系友之微辭，廣納百川仍是學術發展的重要基石，雖然在這方面我完全沒有發言權。

一九九三年秋天乞食講堂之初，三姊因身體違和，在臺北陽明醫院動一個不大不小的手術，我必須返回花蓮陪伴姆媽洗腎，初登講堂的第一節課就請假。第二周始返回臺北上課，請嫁於隔壁村的二姊照顧姆媽。當三姊術後返回花蓮時，發現因姆媽緊咬牙根，二姊竟然同意院方拔掉佢整口牙齒，從此姆媽只能進流質食物。從中風到洗腎，六年間姆媽進出醫院上百次，院方發出超過十次病危通知，卻一次次從鬼門關救回。

死神終於來敲門，一九九三年十二月三十日，三姊打電話通知我返家，說姆媽已呈彌留狀態。但因家裡電話沒掛好，我並未接到電話，趕不及見姆媽最後一面。而十二年前父親因車禍大去，時在鳳山步校受預官訓的我，同樣未見到父親最後一面。豈正如愛亞姊說的，與父母情深緣淺。

因爲守喪，那學期的最後一節課沒有上。出了考題，請助教幫忙監考，告別式後返回學校改考卷，方始送出學期成績。我乞食講堂的第一學期，就如此這般沒頭沒尾地倉皇度過。廿四年後想起這些，竟恍如隔世。

心愛的你，讀到這裡，你應該覺得累了，先喝口茶吧！

指揮家華爾特（Bruno Walter）說，「要學會用微笑面對一切的困難」，我努力奉行。我總是裂開嘴，笑咪咪，彎彎的嘴角像牛角，加上肸乎乎的身形，眞像個彌勒佛。一頭受傷的獅子只能躲到角落舔食自己的傷口，出場時要像聖桑（Camille Saint-Saens, 1835-1921）《動物狂歡節》（*Le carnaval des animaux*）第一樂章〈序曲及獅子進行曲〉裡的獅子，踩著神氣的步伐。仗著年輕時的壯碩身心，在面臨哀傷時從不經心在意，逕自如開山壓路機般碾軋而過。聖嚴法師的金句，「面對它，接受它，處理它，放下它」，我一樣都沒做。並非逃避，而是沒有面對，故爾後面的三個程序直接跳過。

許多年又許多年過去了，這些故事深埋心底，彷若不經心在意。雖然每年自秋徂冬，蓼莪之思，我心悠悠，卻也年過一年，和平共處。去歲之秋，沈埋多年的哀傷，忽如江水，浩浩湯湯。我想，可能我的身心不再如年輕時壯碩，我再不能像昔時般將哀傷碾壓而過，於是爲你寫下這段傷逝之痛。可我也知道，瘦小如你，我心裡學繡的十三女兒，並無法給我溫暖的擁抱。我只是和自己對話，在絮絮叨叨中檢視傷口。

我想起希臘神話裡的阿基里斯（Achilles），當阿基里斯襁褓時，母親忒提斯（Thetis）倒提其腳踝浸於斯提克斯（River Styx）冥河（即所謂之天火），使其刀槍不入。正當忒提斯握著阿基里斯腳踝煉於天火中時，突然被丈夫發現而匆忙將孩子從火中拿出來，結果阿基里斯全身刀槍不入，唯有腳踝，即忒提斯手握著的地方未經淬煉，成爲其致命弱點。父母的傷逝，或許就是我的阿基里斯腱，每次覺得自己彷彿就要好了，卻總是一次又一次地發炎。

人生是一張單程車票，沒有人能回頭。時光回不去我的年輕歲月，哀傷長在我心。歲月如江水，一去不回頭，我是河裡的石頭，水往哪裡流，就把我流向哪裡。我仍然不過生日，心愛的你，哀傷如此沈重，重得我無法放下心底的石頭。我也曾試圖輕舟遠揚，但每逢秋冬時節，蓼莪之思總會不期然造訪。今天是我五十八歲生日，逢酉不祥，癸酉之秋父親大去，時年五十八歲；辛酉慈母見背，享年六十八歲；巧合的數字，傷逝如江水決堤。陪著我度過這些日子的你，想亦是哀傷沉沉。很抱歉讓你陪著我一起感傷，我想，你知道我眞心不喜歡這樣。

卅六年的雨露風霜，哀傷未曾遠離。當我在生日這一天告訴你這些故事，我的心情依舊沉重。我多麼希望自己能放下所有的昨天，從此我的腳步就輕盈了。

國家圖書館出版品預行編目資料

秋光侘寂/吳鳴著. -- 初版. -- 臺北市：
允晨文化實業股份有限公司, 2022.9
面；　公分. -- (當代名家；98)
ISBN 978-626-96065-2-8(簽名版)
ISBN 978-626-96065-4-2(平裝)

863.55　　　　111012320

當代名家 98
秋光侘寂

作　　者：吳　鳴
發 行 人：廖志峰
執行編輯：簡慧明
美術編輯：劉寶榮
法律顧問：邱賢德律師
出　　版：允晨文化實業股份有限公司
地　　址：台北市南京東路三段21號6樓
網　　址：http://www.asianculture.com.tw
e-mail：ycwh1982@gmail.com
服務電話：(02)2507-2606
傳真專線：(02)2507-4260
劃撥帳號：0554566-1
印　　刷：中茂分色製版印刷事業股份有限公司
裝　　訂：聿成裝訂股份有限公司
初版日期：2022年9月

定價350元
ISBN：978-626-96065-2-8（簽名版）
ISBN：978-626-96065-4-2（一般版）